Début d'une série de documents
en couleur

PIERRE
PAUL ET JACQUES

SUIVI DE

L'EX-GENDARME JOLLIVERT
LE PARAPLUIE DE TANTE SUZON — L'HABIT DU PROFESSEUR
L'ASSASSINAT DU PONT-ROMPU

PAR

JEAN GRANGE

TOURS
ALFRED MAME ET FILS
ÉDITEURS

Tours. — Imprimerie Mame.

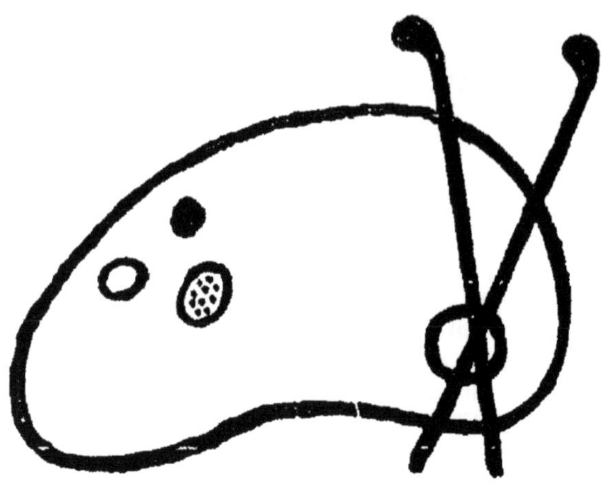

Fin d'une série de documents
en couleur

PIERRE

PAUL ET JACQUES

4e SÉRIE IN-8e

Mon protégé se hâta de me tirer son chapeau; son compagnon garda le sien sur la tête. (P. 17.)

PIERRE
PAUL ET JACQUES

SUIVI DE

L'EX-GENDARME JOLLIVERT
LE PARAPLUIE DE TANTE SUZON — L'HABIT DU PROFESSEUR
L'ASSASSINAT DU PONT-ROMPU

PAR

JEAN GRANGE

TOURS
ALFRED MAME ET FILS, ÉDITEURS

M DCCC XCIV

PIERRE
PAUL ET JACQUES

I

Vous savez, nous dit l'abbé L'Herminier, que j'ai été longtemps aumônier de l'hospice d'une grande ville ; j'avais sous ma juridiction une cinquantaine d'enfants. Ces enfants, vous le devinez, n'appartenaient pas à l'élite sociale; ils étaient les fruits du vice, et pas un d'eux n'avait été reconnu par ses parents. Ces pauvres enfants trouvés m'intéressaient beaucoup; je les aimais, et je crois que j'en étais aimé.

Ils ne manquaient ni de défauts ni de vices. Pouvait-il en être autrement avec leur origine et l'abandon auquel ils avaient été livrés? L'assistance publique leur donnait un abri, un vêtement, du pain; c'était tout. Une vieille religieuse chargée d'eux spécialement et moi étions seuls à les connaître un peu intimement et à leur porter de l'intérêt. L'assistance publique de l'hospice ne songeait qu'à s'en débarrasser le plus tôt possible.

Ce débarras arrivait un peu après la première communion, entre douze et quatorze ans. Ils s'en allaient petits domestiques à la ville ou à la campagne; quelques-uns, les maladifs, restaient à l'hospice et finissaient par devenir infirmiers. La plupart réussissaient mal à se tirer d'affaire et avaient rarement le dessus dans la lutte pour la vie. De temps en temps, j'avais la douleur d'apprendre par les journaux qu'un de mes anciens protégés venait d'échouer à la police correctionnelle et avait été condamné, selon son âge, à la prison ou au pénitencier. Plusieurs faisaient honneur à leur éducation chrétienne et se conservaient, dans une situation peu prospère, honnêtes gens et chrétiens.

Je ne crains pas d'avancer que cette minorité eût était réduite à zéro, et que presque tous ces enfants trouvés fussent devenus des chenapans de la pire espèce, s'ils n'avaient pas été élevés chrétiennement.

Que veut-on que devienne un malheureux enfant qui n'a connu ni son père ni sa mère, ni parents ni amis, et qui est lancé dans la vie sans ressources et sans protection, avec un peu d'instruction primaire et laïque pour tout viatique?

Je sais de bonne source que soit en prison, soit au pénitencier, mes anciens disciples revenaient plus facilement au bien que d'autres jeunes gens ou enfants mieux nés, mais élevés moins chrétiennement.

Les croyances religieuses, qui ne suffisent pas toujours dans certaines conditions à préserver de la chute, sont indispensables pour s'en relever.

Je ne connais pas de livres simplement honnêtes plus complets que ceux de Jules Simon intitulés : *la Religion naturelle, le Devoir*. S'ils ont jamais converti un habitant de la prison ou du pénitencier, je veux bien l'aller dire à Rome.

Le nombre de ceux qui persévéraient aurait doublé,

j'en suis sûr, si j'avais pu placer mes enfants dans la ville, c'est-à-dire sous mes yeux, et chez des chrétiens sérieux, au lieu de les voir se disperser aux quatre points de l'horizon sans que je susse leur adresse ou que j'eusse de leurs nouvelles que par quelques lettres rares qui ne tardaient pas à cesser tout à fait.

Les choses en étaient là, lorsque je reçus la visite d'un monsieur d'un certain âge et de physionomie respectable.

« Vous êtes aumônier de l'hospice ? me dit-il.

— Un d'eux, répondis-je, car nous sommes trois.

— Oui ; mais c'est vous qui vous occupez le plus spécialement des enfants élevés par l'assistance publique, des enfants trouvés ?

— En effet, Monsieur ; mes collègues ne leur donnent leurs soins que lorsque je suis absent, malade ou par trop empêché.

— Eh bien ! je viens vous remettre un peu d'argent pour vos protégés : voici trois mille francs. Je désire qu'ils soient employés à payer l'apprentissage de trois de ces enfants. Vous les choisirez vous-même parmi les plus intéressants.

— Voulez-vous me permettre, Monsieur, de vous demander ce que vous entendez parmi les plus intéressants ?

— Mais les plus intelligents et les plus sages, les plus sages surtout. Ah ! un détail. Je souhaite qu'ils choisissent eux-mêmes le métier manuel pour lequel ils auront le plus de goût.

— Vous les verriez donc entrer sans répugnance dans une de ces grandes fabriques comme notre ville en compte beaucoup ? Je vous avoue que j'aurais de la peine à donner les mains à cet apprentissage. Ces nombreuses réunions de travailleurs, souvent des deux sexes, si elles n'excluent pas l'honnêteté de la vie et la régularité des mœurs, ne les favorisent guère au moins.

— Vous avez raison, monsieur l'aumônier. Tout en laissant libres nos trois apprentis, inclinez-les vers un de ces métiers paisibles qui s'exercent d'ordinaire dans des ateliers plus tranquilles que vos grandes et populeuses manufactures.

— Merci, Monsieur, pour mes pauvres enfants ; vous faites là une œuvre excellente. Permettez-moi d'ajouter que vous comblez un de mes vœux les plus anciens et les plus chers : que de fois j'ai regretté de n'avoir pas un peu d'argent à consacrer à quelques-uns de ces pauvres déshérités !

— Alors, monsieur l'aumônier, tout est pour le mieux, et je n'ai plus, avant de vous quitter, qu'à me recommander à vos prières.

— Vous pouvez y compter, Monsieur, ainsi que sur celles des trois enfants dont vous aurez fait trois habiles et honnêtes ouvriers, je l'espère. Ne voulez-vous pas qu'ils sachent le nom de leur bienfaiteur ?

— C'est inutile. Je ne verrais même pas d'inconvénient à ce que vous les laissiez penser que cet argent vient de vous ; votre influence sur eux y gagnerait.

— Ce ne serait ni juste ni sage, répondis-je. On me croirait plus riche et plus généreux que je ne suis. Je dirai donc tout haut que j'ai reçu trois mille francs pour être employés à payer l'apprentissage de trois enfants, et que le généreux bienfaiteur veut rester inconnu, même à moi. »

J'espérais que ces derniers mots, sur lesquels j'appuyai, décideraient l'inconnu à me dire son nom. Il n'en fut rien, il me salua et sortit.

J'avais quatre enfants de chœur pris parmi les plus intelligents et les plus sages de la petite troupe. Mon choix se porta sur trois d'entre eux. Je regrettai de n'avoir pas demandé au bienfaiteur inconnu l'autorisation de distribuer son aumône entre quatre enfants au lieu de trois ; la somme eût été suffisante. Il était trop tard, et je dus écarter Louis. Il m'avait fait un léger mensonge récemment ; ce mensonge fut cause de son exclusion. Je fis appeler l'un après l'autre Pierre, Paul et Jacques.

Ils avaient chacun quatorze ans, et allaient être dans quelques jours envoyés de l'hospice comme étant en âge de gagner leur vie en qualité de petits domestiques.

« Pierre, dis-je au premier, serais-tu content d'entrer en apprentissage ?

— Oh ! oui, monsieur l'aumônier, s'écria-t-il.

— Et quel état voudrais-tu apprendre? »

Il réfléchit quelques instants, et me dit qu'il souhaiterait devenir menuisier ébéniste.

Paul, auquel je posai les mêmes questions, opta pour l'état de tapissier.

Quant à Jacques, un garçon adroit de ses doigts s'il en fut, il me dit qu'il voudrait être sculpteur sur bois.

« C'est un art plutôt qu'un métier, lui répondis-je, et qui demande un long apprentissage.

— Oh ! bien, dit-il, j'aimerais autant la serrurerie. »

Huit jours plus tard les trois élus étaient placés, Pierre chez un ébéniste, Paul chez un tapissier, Jacques chez un entrepreneur de serrurerie. J'eus soin de faire entrer dans le contrat d'apprentissage une clause que j'avais à cœur. Combien d'enfants j'avais vus empêchés par leurs patrons d'assister à la messe du dimanche et forcés de travailler ce jour! Il fut convenu par écrit sur papier timbré que Pierre, Paul et Jacques, ne seraient pas astreints au travail le dimanche et auraient la libre disposition de leur temps. J'obtins de mes apprentis la promesse qu'ils continueraient d'assister à la messe qui se disait à la chapelle de l'hospice. Dans le transport de leur joie, ils offrirent de venir au catéchisme de persévérance, aux vêpres, au sermon et au salut.

Les pauvres enfants étaient sincères. Ils comprenaient que c'était la meilleure manière de témoigner leur reconnaissance au bienfaiteur inconnu et à l'aumônier. Je n'acceptai que la promesse d'assister à la messe, laissant le reste à leur piété.

Mon ébéniste, mon tapissier et mon serrurier, avaient été choisis par moi après une enquête sérieuse. C'étaient de très honnêtes gens, de bons chrétiens, — pour le temps et les circonstances, — et d'habiles ouvriers. Impossible à mes apprentis de trouver dans toute la ville de meilleurs patrons. Ils seraient, pour mille francs chacun, logés, nourris, blanchis et instruits dans leur état pendant trois ans. Ils auraient alors dix-sept ans, et seraient capables de se suffire comme jeunes ouvriers. Les vêtements restaient à ma charge; mais c'était une légère dépense à laquelle je me résolus aisément.

Pourquoi ne dirais-je pas que j'avais des intelligences dans la place où je faisais entrer mes protégés? Mme Robert, la mère de l'ébéniste, m'était connue pour sa piété; Mlle Aubrun, la fille aînée du tapissier, était ma pénitente ; quant à la femme du serrurier Joubert, elle avait un frère prêtre et une sœur religieuse. Si, toutes ces influences aidant, mes apprentis ne suivaient pas la voie droite, il fallait renoncer à rien espérer d'eux et de leurs semblables.

II

La première année n'offrit rien de remarquable. Les patrons se louaient de leurs apprentis, et les apprentis ne se plaignaient pas de leurs patrons. Mes trois protégés profitaient de la liberté du dimanche pour assister régulièrement à la messe et aux vêpres, dans la chapelle de l'hospice. Il était rare qu'ils ne vinssent pas me saluer à la sacristie ou causer dans ma chambre. Ils trouvaient aussi le temps d'aller offrir leur respect à sœur Sainte-Susanne, la vieille religieuse qui avait pris soin de leur enfance, et qui leur portait un intérêt égal au mien. Ils se concertèrent pour lui offrir, le jour de sa fête, une plante rare.

Au commencement de la seconde année d'apprentissage, nous remarquâmes, la sœur et moi, que Pierre, Paul et Jacques, paraissaient moins intimes. Au lieu d'aller se promener et se récréer ensemble le dimanche, après les offices, ils se séparaient et rejoignaient de nouveaux camarades.

« Est-ce que ces enfants s'aimeraient moins qu'autrefois ? dis-je à sœur Sainte-Susanne.

— Ce n'est pas à croire, me répondit-elle ; seulement ils cachent cette amitié. On les aura plaisantés, humiliés peut-être ; on leur aura rappelé, à mots plus ou moins couverts, la tache de leur naissance, et les pauvres enfants espèrent la faire plus facilement oublier en étant moins souvent ensemble et en se mêlant davantage aux camarades de leur âge. »

Ce n'était que trop vrai. Le dimanche suivant, Pierre et Paul vinrent dans ma chambre me demander la permission d'entendre dorénavant la messe dans l'église de leur paroisse.

« Vous n'avez pas besoin de ma permission, leur répondis-je, c'est votre droit.

— Soyez sûr, monsieur l'aumônier, me dit Paul, que ce changement nous coûte; mais on nous insulte trop. Pas plus tard que dimanche dernier, en nous voyant sortir de la chapelle, des ouvriers nous ont appelés piliers d'hôpital ! »

J'avais envie de répondre : « Il fallait hausser les épaules, laisser dire et continuer ; » je n'osai pas. J'eus peur de blesser et d'humilier, moi aussi, ces enfants qui étaient mes obligés ; je craignis qu'ils vinssent à trouver lourd le fardeau de la reconnaissance. Au lieu de la réponse venue sur mes lèvres, j'en fis une autre réfléchie et étudiée :

« Mes chers amis, leur dis-je, vous n'avez pas besoin de ma permission pour aller entendre la messe hors de la chapelle, c'est votre droit. Seulement ne prenez pas l'habitude de céder aussi facilement au respect humain. Après vous avoir appelés piliers d'hospice, on peut vous appeler piliers d'église et de sacristie; ce ne serait pas une raison pour abandonner la maison de Dieu et vos devoirs religieux.

— Nous ne les abandonnerons pas, dit Pierre.

— Non, jamais ! confirma Paul.

— A la bonne heure ! Allez donc en paix, mes enfants. J'avais plaisir à vous voir à ma messe tous les dimanches; mais, pour être plus loin de mes yeux, vous serez toujours près de mon cœur. »

Les deux adolescents voulurent m'embrasser les

mains; je les pressai sur mon cœur, en leur répétant de ne jamais oublier de me confier leurs peines et leurs joies, parce qu'ils ne trouveraient personne qui les partageât aussi sincèrement que leur vieil aumônier.

Jacques imiterait-il ses camarades? Essayerait-il, lui aussi, en s'éloignant de l'hospice, de faire oublier qu'il y avait été élevé et lui devait tout?

Telle était la question que je me posais. La réponse ne se fit pas attendre. Le dimanche suivant, je vis Jacques à sa place habituelle dans la chapelle, à la messe et aux vêpres. Il remplaça même, au salut, le chantre, qui se trouva indisposé et fut obligé de se retirer. Ce n'était qu'un détail, mais caractéristique.

« Eh bien! mon enfant, lui dis-je lorsqu'il vint me saluer à la sacristie, Pierre et Paul ne viennent donc plus dans notre chapelle?

— Il paraît, dit-il.

— Et tu ne les imites pas?

— Pourquoi les imiterais-je?

— Mais pour qu'on ne t'appelle pas pilier d'hospice et d'église.

— J'aime mieux être appelé pilier d'hospice et d'église que pilier de café et de cabaret. J'ai dit à mes camarades qu'ils avaient tort. Toute la ville sait que nous sommes des enfants trouvés. Tout ce que nous pourrons faire ne fera pas oublier cette tache, si c'en est une, excepté notre honnêteté, notre sagesse, notre fidélité à nos devoirs religieux. Voyez-vous, monsieur l'aumônier, Paul écoute trop Pierre, qui ne le vaut pas, et Pierre écoute trop un camarade d'atelier qui ne vaut rien du tout. Qui vivra verra. Les camarades ont tort. »

J'embrassai à deux reprises ce brave Jacques; après quoi, je lui recommandai de rester l'ami de

Pierre et de Paul. Tout le monde n'avait pas une égale fermeté de caractère; il ne fallait pas faire une obligation de ce qui n'en était pas. La messe paroissiale valait la messe de la chapelle de l'hospice, si elle ne valait pas mieux. J'essayai de sourire en disant ces mots.

Jacques secoua la tête et répéta : « Les camarades ont tort. »

Lorsqu'il fut parti, je me demandai quel était cet ami que Pierre écoutait trop et qui ne valait rien du tout. Mme Robert, la mère du menuisier ébéniste, discrètement interrogée, me répondit qu'on ne s'apercevait pas que Pierre suivît de mauvaises compagnies, et qu'on continuait à être content de lui à l'atelier et à la maison.

M. Aubrun, le tapissier, était, lui aussi, content de son apprenti Paul.

Chose surprenante ! le moins satisfait des patrons était le serrurier Joubert. Il trouvait Jacques un peu froid, un peu concentré, passant tout le temps qu'il avait de libre hors de la maison. Il est vrai qu'il ne fréquentait guère que la bibliothèque communale et le cours municipal de dessin. Néanmoins c'était un garçon par trop froid.

Évidemment le caractère de mes protégés s'accusait et s'accentuait ; il n'y avait qu'à prier Dieu et à leur donner, à l'occasion, de bons conseils. Je ne pouvais prétendre mener à la lisière trois garçons de seize ans passés, qui n'étaient mes parents à aucun degré, et ne me devaient que quelques services récompensés déjà par leur affectueuse et respectueuse gratitude.

Ce fut en vain que, plus tard, j'essayai de faire nommer à Jacques cet ami dangereux dont Pierre écoutait trop les conseils ; il me répondit qu'il pouvait s'être trompé, et, — ce furent ses expressions, — que chacun ne relève que de Dieu et de sa conscience. Parce qu'on avait été élevé trois dans un hospice, ce n'était pas une raison pour ne se pas quitter et ne pas faire, à ses risques et périls, de nouvelles connaissances et de nouveaux amis.

L'excellente sœur Sainte-Susanne trouvait que je laissais la bride trop lâche à nos trois apprentis ; elle

Je les fis dîner pour la première fois à ma table.

aurait voulu que je fusse plus sévère. J'eus beaucoup de peine à la persuader que la sévérité était hors de saison et ferait plus de mal que de bien.

Le hasard me fit rencontrer, — je le crus du moins et le crois encore, — l'ami dangereux que suivait Pierre et auquel Jacques avait fait allusion. Certain dimanche soir, me promenant sur une grand'route en récitant mon bréviaire, je passai devant Pierre et un autre jeune homme de deux ou trois ans plus âgé que lui. Mon protégé se hâta de me tirer son chapeau ; son compagnon garda le sien sur la tête, quoiqu'il eût été averti et poussé du coude. Cette petite manœuvre ne m'échappa point.

Quelques jours plus tard, Pierre me dit de lui-même :

« Je vous demande pardon, monsieur l'aumônier, de l'impolitesse dont mon camarade s'est rendu coupable, dimanche dernier, à votre égard. C'est un bon garçon, mais qui a des préjugés à l'endroit des prêtres.

— Il commence de bonne heure, répondis-je ; tiens-toi sur tes gardes, mon enfant, et ne fréquente pas trop ce jeune libre penseur. »

Si mes apprentis laissaient à désirer du côté des sentiments religieux, que j'aurais tant voulu leur voir conserver intacts, ils avaient toujours pour moi une sincère gratitude. Quelques semaines avant la fin de leur apprentissage, ils m'en donnèrent, à l'occasion de ma fête, un témoignage auquel je fus bien sensible. L'ébéniste me fit cadeau d'une jolie boîte en noyer pour mettre mes rasoirs ; le tapissier me remit à neuf mon vieux fauteuil. Quant à Jacques le serrurier, qui avait, à mon insu, pris l'empreinte de la serrure de ma chambre, il me fabriqua, à la place de ma lourde clef, une mignonne clef qui était presque un objet d'art.

Traitant Pierre, Paul et Jacques en grands garçons, je les fis dîner pour la première fois à ma table. Nous passâmes ensemble une heure que je n'ai pas oubliée, et dont ils ont, eux aussi, je l'espère, gardé un bon souvenir.

Sœur Sainte-Susanne, mandée par moi, arriva au dessert, et compléta par sa présence cette petite fête.

III

Beaucoup d'apprentis ayant fidèlement servi leurs patrons sont par eux congédiés à l'expiration de l'apprentissage, et lorsqu'il faut les payer comme ouvriers. Mes trois protégés furent plus heureux : l'ébéniste, le tapissier et le serrurier, leur offrirent de continuer à les loger et à les nourrir, en y ajoutant un salaire convenable. Je vis avec plaisir qu'ils acceptaient ces offres. Seul Paul voulut se loger et se nourrir à ses frais ; il choisit un modeste cabinet garni dans les environs de son atelier, ainsi qu'un restaurant dans les prix très doux. Il avait été, dès son bas âge, un peu amoureux de ses aises; sa détermination ne surprit ni sœur Sainte-Susanne ni moi.

Trois ou quatre mois plus tard, certain dimanche, Pierre et Paul vinrent me voir en grande toilette. Ils avaient employé leurs premières économies à l'achat d'un *complet* de drap fin, avec des bottines élégantes et un chapeau de soie. Jacques, qui décidément était un sage, faisait beaucoup moins de frais de toilette ; il remplissait aussi ses devoirs religieux avec plus d'assiduité que ses camarades. Non pas qu'il y mît de l'ostentation, ce n'était pas son genre ; il avait une piété plutôt froide et raisonnée. Il y en a qui assurent que c'est la plus solide et la plus durable.

« Eh bien ! me dit un jour Paul, Pierre vient de perdre cet ami qui portait ombrage à Jacques.

— Ah ! dis-je, est-ce qu'il serait mort ?

— Point du tout ; il est reparti pour Paris.

— Comment se nomme-t-il ?

— Louis Gervier. C'est un Parisien dans l'âme et qui s'ennuyait fort ici.

— Pourquoi donc y est-il resté plusieurs années ?

— Je crois que l'argent lui manquait pour le voyage et le chômage possible des premiers jours. Il s'est décidé à donner un vigoureux coup de collier, et, une fois en possession d'un peu d'argent, il est parti.

— Mieux vaut travailler régulièrement et épargner, que de donner ce coup de collier. Ce ne doit pas être une grande perte que Pierre a faite là.

— En effet, Gervier n'aime pas les prêtres.

— C'est déjà un malheur, mon cher Paul, de ne pas aimer les prêtres ; peut-être cependant serait-il tolérable, s'il n'engendrait pas logiquement et fatalement le malheur de ne pas aimer Dieu, la religion et l'Église. »

« Vous ne me racontiez pas, monsieur le discret, dis-je à Jacques lorsque je le rencontrai, que Pierre a perdu son ami, lequel se nomme Louis Gervier, et est parti pour Paris ?

— Je pensais que l'ami Paul vous tiendrait au courant. Pourvu que ce Gervier ne réussisse pas à attirer Pierre à Paris ! Ça ne me surprendrait pas du tout ; depuis qu'il a perdu Gervier, Pierre a l'air d'un corps sans âme. S'il est possible de s'attacher à ce point à des gens si peu intéressants ! »

Un vrai prophète que ce Jacques !

Six mois plus tard, Pierre vint me dire qu'il était décidé à partir pour Paris. Il n'y avait que Paris pour l'ébénisterie fine. Tous menuisiers et rien que menuisiers, les ébénistes de provincc ! Il voulait apprendre son état à fond.

Il était évident que la détermination du jeune homme était prise, et bien prise. J'essayai pourtant des objections.

Ce n'était pas à dix-huit ans qu'un ouvrier n'avait rien à apprendre en province. J'avais entendu dire à des gens qui s'y connaissaient qu'il ne fallait aller à Paris que pour se perfectionner, et non pour apprendre. Il agirait sagement en retardant ce départ de deux ou trois ans. La vie est chère à Paris; le chômage n'y est pas rare. Que deviendrait-il, ses petites économies épuisées (en avait-il seulement, des économies ?), si le travail lui manquait ?

Il me répondit qu'à Paris, comme ailleurs, il n'y avait qu'aux fainéants à qui le travail manquait; que, s'il restait plus longtemps en province, il y contracterait des habitudes et des tours de main dont il ne pourrait plus se défaire.

On eût dit, à l'entendre, que l'ébénisterie était un art, et que cet art ne pouvait s'apprendre qu'à Paris.

J'ajoutai que les séductions et les tentations abondaient sur les bords de la Seine; qu'il fallait pour s'y exposer à dix-huit ans, et lorsque ce n'était pas indispensable, avoir en soi-même une confiance qui était bien près de ressembler à de la présomption et de la témérité.

« Croyez-vous, monsieur l'aumônier, me répondit-il, que les tentations et les mauvaises occasions manquent ici ? On est sage partout lorsqu'on le veut fermement. Et puis, ajouta-t-il en riant, le moyen, quand on le voudrait, de faire la noce avec la journée d'un jeune ébéniste ? Tranquillisez-vous, je vous ferai honneur là-bas au moins autant qu'ici.

— Que t'a dit ton patron, ajoutai-je, lorsque tu lui as appris que tu voulais le quitter ?

— Il m'a fait l'honneur de me répondre qu'il me regrettait. Je crois qu'il regrette surtout les deux ou trois francs de bénéfices nets que je lui vaux chaque jour.

— Pourquoi penser cela, mon cher Pierre, et ne pas croire que M. Robert et sa famille te portent de l'intérêt et se sont attachés à toi pendant les quatre années que vous avez passées ensemble ?

— Je ne dis pas le contraire. J'ai moi-même pour eux de l'estime et de l'amitié.

— Et Paul et Jacques, que disent-ils de ce départ ?

— Oh ! Paul est une poule mouillée. Il n'ira pas de longtemps à Paris, s'il y va jamais. Il sait qu'il faut y beaucoup travailler, et il n'aime, lui, le travail qu'à dose modérée. Quant à Jacques, je ne l'ai pas vu depuis que ma résolution est prise. Je compte aller lui faire mes adieux avant de partir, quoiqu'il ait été un peu froid depuis quelque temps à mon égard. Ce qu'il pourra penser et dire ne m'arrêtera pas. On ne ferait rien, si on voulait prendre l'avis de tout le monde.

— L'avis d'un ami avec lequel on s'est élevé et qui est plein de bon sens n'est pas l'avis de tout le monde, mon cher enfant.

— Je ne dis pas le contraire, monsieur l'aumônier. Croyez que je rends justice à Jacques.

— Tu iras saluer sœur Sainte-Susanne avant ton départ, n'est-ce pas ?

— Je crains de ne pas en avoir le temps. Je me suis décidé un peu brusquement, et je pars demain par le train de sept heures. Je n'ai plus que le loisir d'aller serrer la main à Paul, à Jacques et à quelques camarades. Veuillez, je vous prie, monsieur l'aumônier, dire à sœur Sainte-Susanne que je lui suis et serai toujours reconnaissant des soins qu'elle m'a donnés dans mon enfance. »

Tout cela sonnait creux, ou était dit avec un aplomb frisant l'impertinence. Louis Gervier m'avait déjà gâté mon Pierre.

J'offris au jeune homme une lettre de recommandation pour un prêtre que je connaissais à Paris, et, sans attendre qu'il dît oui ou non, je me mis à mon bureau pour écrire. Le futur voyageur était visiblement impatient de me quitter : je ne le lui permis qu'après qu'il m'eut promis deux fois de me donner son adresse et de m'écrire de loin en loin, deux ou trois fois par an, par exemple.

Il promit tout d'un air dégagé qui m'inspira une médiocre confiance.

Je fus par Paul, témoin de la scène, informé de ce qui s'était passé entre Pierre et Jacques.

« Tu sais, lui dit ce dernier, que tu fais une sottise ?

— Une sottise ! et pourquoi? Ne dirait-on pas que je suis le premier ouvrier ébéniste de dix-huit ans qui soit allé se perfectionner à Paris dans son état !

— Prends garde de ne pas te perfectionner sur d'autres points, et méfie-toi de ton grand ami Gervier. Avec ses théories socialistes, ses phrases creuses et son *bagou*, ce garçon-là ne me semble pas avoir des notions claires sur le *tien et le mien*.

— Gervier est aussi honnête que tu peux l'être.

— Je le souhaite pour lui et pour toi ; mais je me permets d'en douter. »

Paul fut obligé d'intervenir pour qu'ils s'embrassassent, au lieu de se contenter de la poignée de mains qu'ils avaient d'abord échangée.

L'histoire de ce pauvre Pierre ne me prendra plus que quelques lignes.

Ce ne fut qu'au bout de deux mois que Pierre m'écrivit une courte et sèche lettre. Je répondis par une épître longue et affectueuse qui resta sans réponse, ainsi qu'une seconde.

Il était évident que Pierre ne voulait plus de mes conseils, et que je ne pouvais que l'aider de mes prières.

Quinze mois environ après son départ, je fus frappé, en lisant les faits divers de mon journal, par un nom qui ne m'était pas inconnu. Un ébéniste de vingt et un ans, nommé Louis Gervier, avait été surpris en flagrant délit d'effraction et de vol dans les appartements d'une maison où il était allé réparer des meubles. Un autre ouvrier, son complice, s'était sauvé ; mais on ne tarderait pas à le connaître et à le retrouver.

Ce Louis Gervier, ouvrier ébéniste, était évidemment l'ami de Pierre ; pourvu que le complice qu'on cherchait ne fût pas Pierre lui-même ! Je chassai cette pensée, mais elle revint et troubla plusieurs nuits mon sommeil. Paul, qui lisait beaucoup de journaux (beaucoup trop, à mon avis), remarqua comme moi le nom de Louis Gervier et craignit, lui aussi, pour Pierre. Seulement cette crainte ne fut, paraît-il, chez lui que superficielle et éphémère, et son sommeil n'en fut pas troublé. Il avait sans doute meilleure opinion que moi de la vertu de son camarade.

Huit jours après la lecture du fait divers, je fus prié par M. le juge d'instruction de me rendre dans son cabinet. Il me pria de lui dire ce que je savais sur un nommé Pierre X..., un enfant trouvé, élevé à l'hospice de cette ville, et placé par mes soins en apprentissage chez M. Robert, menuisier ébéniste, qui l'avait gardé, à la fin de l'apprentissage, un peu plus d'un an comme ouvrier.

Je dis ce que je savais.

Comme je sortais du cabinet du juge d'instruction, M. Robert, mandé lui aussi, y entrait. J'attendis que sa déposition fût finie, et nous causâmes ensemble. Le juge d'instruction avait refusé de lui dire, ainsi qu'à moi, pourquoi nous étions interrogés sur le compte de Pierre. Il était évident que le malheureux devait être le complice de Gervier dont avaient parlé les journaux.

Nous ne tardâmes pas à en acquérir la triste certitude. Gervier et Pierre X... passèrent aux assises; le premier fut condamné à cinq ans de prison, et le second à deux.

J'envoyai à M. le procureur impérial de Paris une lettre que je le priais de faire remettre à Pierre X... Il eut la bonté de me répondre qu'il avait fait lui-même ma commission et remis ma lettre aux mains du jeune prisonnier : « un garçon profondément gangrené, » ajoutait-il.

Il avait donc suffi de quinze mois de séjour à Paris pour gangrener profondément ce pauvre garçon. M. Robert me certifia qu'en quatre années il n'avait pas découvert chez Pierre, non seulement la moindre trace du plus petit vol, mais le plus léger penchant à s'approprier le bien d'autrui. C'était Gervier, aidé par les ouvriers de Paris, qui l'avait gangrené, puisque gangrené il y avait.

Ma lettre produisit-elle quelque effet sur le cœur de Pierre? je l'ignore, mais je crains que non. Même un prisonnier peut faire tenir une lettre à un prêtre, et je n'ai jamais eu de nouvelles de ce malheureux enfant.

IV

Pendant que leur camarade se perdait à Paris si misérablement, Paul et Jacques, toujours dans notre ville et chez leurs patrons, continuaient de se conduire en ouvriers honnêtes et chrétiens. Il existait cependant une différence entre leur façon d'agir. Sans verser dans aucun excès, Paul, toujours amoureux de ses aises, se donnait les agréments et les distractions de la vie moderne : il fumait, allait au café, se permettait même le théâtre lorsque la pièce était honnête et intéressante et que les places n'étaient pas à un prix trop élevé. Il faisait partie d'un orphéon et d'une société de gymnastique, dont les sociétaires avaient un fort joli costume. Je crois aussi qu'il commençait à politiquer, et s'occupait du vaisseau de l'État presque autant que de sa petite barque.

Plus sobre, plus modeste, plus positif, Jacques ne pensait qu'à son travail. Grâce à des études de dessin, il était devenu à vingt ans un des meilleurs surruriers de la ville. Son patron lui confiait les ouvrages les plus difficiles et les plus délicats; tout indiquait que le travail ne lui manquerait pas lorsqu'il voudrait s'établir pour son compte. Il n'y pensait pas ou du moins n'avait pas l'air d'y penser, se contentant d'un fort joli salaire quotidien.

Par exemple, il y avait un point sur lequel les deux amis se montraient d'accord : c'était leur peu de goût,

—ce n'est pas assez dire,—leur antipathie pour l'état militaire. Dans quelques mois il leur faudrait tirer au sort, et la perspective de la giberne et de la caserne ne leur souriait pas du tout.

Ce fut un beau jour pour Paul lorsque deux médecins de régiment, officieusement consultés par lui, assurèrent qu'il avait un cas d'exemption admis sans conteste par les conseils de revision : c'était une défectuosité à la dentition et à deux doigts du pied gauche, défectuosité qui n'empêchait pas celui qui en était affligé de manger et de marcher comme peut le faire un jeune homme de vingt ans.

Moins favorisé, Jacques, qui, lui aussi, avait consulté, fut déclaré éminemment propre au service : pas le plus léger défaut de conformation, pas la moindre tare ; il n'avait à espérer que dans son numéro pour être exempté du service. A cette époque, le contingent annuel était restreint. Beaucoup de jeunes gens échappaient au service militaire, soit en tirant un bon numéro, soit comme soutien de famille, soit en payant un remplaçant.

Jacques n'était pas soutien de famille, il n'était pas sûr de tirer un numéro libérateur : force lui fut donc de songer à s'acheter un remplaçant. Il s'entendit pour cela avec quatre jeunes gens : chacun d'eux devait, avant le tirage, verser huit cents francs : sur quatre, il y en aurait assez de favorisés par le sort pour que celui ou ceux qui tireraient un mauvais numéro eussent de quoi acheter un remplaçant.

Jacques amena un mauvais numéro ; mais, grâce à la combinaison employée, son remplaçant ne lui coûta que huit cents francs. Il n'en avait que sept. Avec quel plaisir je lui prêtai les cent francs qui lui manquaient !

Ce pas difficile franchi, nos deux jeunes amis continuèrent, Paul à se donner ses aises, Jacques à travailler ferme et à économiser sans avarice, mais un peu strictement.

Environ un an plus tard, je vis arriver chez moi Mme Aubrun, la femme du tapissier patron de Paul.

« Je viens, me dit-elle, monsieur l'aumônier, vous entretenir au sujet de votre protégé. Je n'ai pas oublié que vous m'avez priée et que je vous ai promis de le conseiller et de le surveiller. J'ai tâché de le faire. Ce serait trop dire d'avancer que j'ai été une mère pour Paul ; mais je crois pouvoir me rendre le témoignage que j'ai agi à son égard en femme chrétienne, non seulement lorsqu'il était notre apprenti, mais depuis qu'il est devenu notre ouvrier.

— J'en suis persuadé, Madame, et je vous en remercie. Puisse Dieu vous récompenser dans vos fils et vos filles du bien que vous avez fait au pauvre enfant abandonné ! »

J'ajoutai : « Seriez-vous, depuis quelque temps, moins contente de Paul ?

— Non, répondit-elle ; mais vous comprenez qu'il est difficile de surveiller et même de conseiller un garçon entré dans ses vingt-deux ans. Je crois que Paul veut se marier.

— Il est encore bien jeune pour cela.

— C'est ce que nous avons pensé, mon mari et moi ; d'autant que la personne qu'il a en vue est sans aucune fortune, n'a pas d'état, et a pour la toilette un de ces goûts qui ne font que croître et embellir après le mariage. Elle appartient à une famille d'ouvriers honnêtes, passe pour sage et l'est réellement, au dire de tous ceux qui la connaissent. Elle ne manque pas non plus d'agréments dans sa petite taille. La santé est ordinaire, un peu faible peut-être.

Bref, je crois que Paul n'agit pas prudemment en songeant à se marier et en choisissant Mlle Dupré. La chose est délicate, d'autant plus que les Dupré sont nos voisins. Maintenant que vous voilà averti, nous ne nous occuperons plus, mon mari et moi, de cette affaire.

— Encore une fois, merci, madame Aubrun. Croyez-vous, ajoutai-je, que je doive parler à Paul de ses projets, ou attendre qu'il m'en parle ?

— Je ne sais trop. Il me semble qu'il vaudrait mieux ne pas attendre que les choses soient trop avancées. Les parents de la jeune fille voient de bon œil ce mariage. Paul peut encore se retirer ; un peu plus tard ce ne serait pas convenable. »

Des renseignements pris avec discrétion, mais à bonne source, me convainquirent que la santé de Mlle Dupré laissait plus à désirer encore que ne me l'avait dit Mme Aubrun. Une sœur de sa mère était morte d'une maladie de poitrine à vingt-huit ans ; sa mère ne vivait qu'à force de soins coûteux pour un ménage d'ouvriers. Paul eût été plus âgé et aussi riche qu'il était pauvre, il aurait commis une imprudence en épousant cette jeune fille ; à son âge et sans aucune ressource, ce serait une folie.

Une bonne femme, voisine des Dupré et très sensée, me disait dans son langage populaire :

« Le pauvre Paul va se mettre la corde au cou. »

Sollicitée par moi, quoiqu'elle eût déclaré qu'elle ne voulait plus se mêler de cette affaire, Mme Aubrun fit à son ouvrier les observations les plus justes. Jacques y joignit son avis toujours si sensé ; moi-même, malgré la délicatesse de la matière, j'engageai le jeune homme à réfléchir. Rien n'y fit ; à tout ce qu'on pouvait lui dire Paul répondait :

« Il faut donc être âgé et riche pour se marier ? »

Il était convaincu qu'il dépenserait moins en ménage qu'au restaurant, et ne demandait que quatre ou cinq mois pour rembourser la somme rondelette qu'il empruntait afin de couvrir les dépenses indispensables dans le mariage le plus modeste.

Le métier de tapissier n'est pas comme celui de serrurier ; il peut s'exercer en chambre et être pratiqué par une femme, surtout si elle est l'épouse d'un tapissier. Ils seraient deux à travailler et à gagner.

« Et les repas à préparer, et le ménage à tenir, et les enfants à élever, et le chômage et les maladies ? objectait le prudent Jacques.

— Et le choléra, et la peste, et l'incendie, et l'inondation, et les tremblements de terre ? ripostait Paul. On ne ferait rien si on voulait tout prévoir. Ne dirait-on pas que je suis le premier ouvrier jeune et pauvre qui se risque dans la barque du mariage ? »

Que répondre à d'aussi bonnes raisons ? Le mariage eut lieu deux mois plus tard ; je le bénis, et Jacques fut garçon d'honneur. Impossible de tenir rigueur à ces fiancés un peu imprudents, mais si intéressants et si honnêtes.

Mme Aubrun ne s'était pas trompée en disant à Paul que Mlle Dupré était d'une faible santé et qu'elle avait un penchant prononcé pour la toilette. Quoiqu'ils eussent derrière eux une dette lourde, les jeunes époux auraient sans doute réussi à se tirer d'affaire, si Mme Paul avait été mieux portante et de goûts plus modestes et plus simples. Malheureusement elle fut obligée de garder le lit ou la chambre jusqu'à la naissance de son premier enfant. Et devinez à quoi Mme Aubrun la trouva occupée lorsqu'elle alla la voir ? à confectionner une layette. C'est très bien, et il est naturel de confectionner une layette quand on attend un bébé dans quelques jours ; mais il ne faut pas, lorsqu'on est en retard et endetté, qu'elle soit coûteuse, luxueuse, plus riche et plus belle que la plupart des layettes que les dames de la bourgeoisie donnent à leurs enfants.

« Voyez-vous, monsieur l'aumônier, me dit cette excellente Mme Aubrun en me narrant longuement ces détails, si j'avais mis cinquante francs à une layette, je m'en serais accusée à confesse, et pourtant j'ai eu vingt mille francs de dot, en écus sonsants, et déposés, le jour de la signature du contrat, sur la table du notaire. »

Je baptisai le nouveau-né; Jacques fut parrain, et une des demoiselles Aubert marraine. Des secours importants furent donnés, sous forme de cadeaux de baptême, au ménage, qui en avait grand besoin.

Cinq ans après son mariage, la femme de Paul mourut à la suite d'une longue et douloureuse phtisie, laissant deux enfants, un garçon et une fille, faibles et souffreteux. Leurs grands-parents les recueillirent ; mais ils étaient pauvres, et Paul dut payer pour les orphelins, à son beau-père et à sa belle-mère, une pension relativement élevée. C'est une destinée brisée. Ce veuf de vingt-sept ans n'a plus devant lui qu'un triste et sombre avenir. Ces enfants, qui lui coûtent tant à élever, il a la presque certitude qu'à peine arrivés à l'adolescence il se les verra enlevés par la cruelle maladie qui a tué leur mère, et dont ils portent les symptômes trop visibles dans leurs traits pâles et leurs petits corps amaigris.

Chose qui ne surprendra que ceux qui ne connaissent pas le cœur humain et les illusions qu'il se fait : Paul est convaincu qu'il est victime de la mauvaise chance et qu'il n'a été ni léger, ni imprévoyant, ni imprudent. Est-il rien de plus honnête, de plus chrétien, de plus autorisé par les lois divines et humaines qu'un mariage entre un jeune homme de vingt-deux ans et une jeune fille de dix-huit ans ?

Eh oui ! mon pauvre Paul, dans des conditions à peu près normales ; non lorsque le jeune homme n'a que des dettes, que sa future est plus pauvre encore, si possible est ; qu'elle a des goûts de luxe et qu'elle est menacée d'une de ces maladies héréditaires qui ne pardonnent pas.

Nous ne disions pas ces choses, Jacques et moi, à Paul quand, — ce qui lui arrivait souvent, — il se plaignait des rigueurs du sort. A quoi bon maintenant ? Son histoire est celle de beaucoup de jeunes ouvriers de son âge et de sa condition. L'homme peut et doit même souvent écouter son cœur lorsqu'il le pousse au dévouement, au sacrifice, à l'héroïsme ; il en est autrement quand il le porte aux satisfactions et aux jouissances personnelles. Ces jouissances et ces satisfactions seraient-elles honnêtes, permises, légitimes, la raison, la réflexion, doivent intervenir pour disputer et corriger les impulsions du cœur. C'est pour n'avoir pas compris cette vérité et n'avoir pas voulu écouter ceux qui s'efforçaient de la lui faire comprendre, que Paul a été malheureux.

V

Quelques semaines après la mort de la femme de Paul, mes supérieurs m'offraient une stalle de chanoine à la cathédrale. Il y avait trente ans que j'étais aumônier, et ces fonctions laborieuses commençaient à devenir trop lourdes pour mon âge. Et néanmoins j'hésitai avant d'accepter ce poste d'honneur et de repos. Je m'étais attaché à mes mourants, à mes malades, à mes enfants trouvés, aux pieuses infirmières et aux saintes religieuses, à ce ministère humble et caché, mais fécond en fruits de salut par la religion, l'Église et la société. Tout hôpital doit être un Hôtel-Dieu. Ceux qui veulent laïciser les établissements hospitaliers ne savent pas ce qu'ils font, sans cela ils n'auraient pas le courage de leur triste opinion. Un hôpital sans Dieu, sans prêtre, sans religieuses, sans crucifix et images pieuses, sans esprit chrétien, en un mot, doit être et est certainement quelque chose d'affreux.

Jacques fut enchanté de me voir chanoine. Il voulut absolument me faire cadeau de la belle croix de cuivre émaillée qui se porte sur le camail de soie et d'hermine, et donne aux membres du vénérable chapitre un air d'évêque, sans mitre, sans crosse et sans diocèse.

La position du jeune homme lui permettait cette libéralité. A vingt-huit ans, il était contremaître pour les travaux de serrurerie chez le principal entrepreneur non seulement de la ville, mais du centre de la France. Il maniait habituellement le crayon et le compas, et n'employait guère la lime que pour son plaisir ou pour donner une leçon à quelque ouvrier gauche et maladroit. Il gagnait trois mille francs par an, et avait réalisé des économies qui lui permettront d'ouvrir un atelier le jour où il voudra de contremaître devenir maître.

C'était le moment ou jamais de se marier, et Jacques s'y décida. Il jeta ses vues sur la fille d'un quincaillier en gros et demi-gros, avec lequel il entretenait pour son patron des relations d'affaires suivies. Il avait vu Mlle Louise D... à la caisse, et peu à peu l'idée d'en faire la compagne de sa vie lui était venue et ne l'avait plus quitté.

Louise D... avait vingt-deux ans; elle était jolie, modeste et bien élevée ; ses parents lui donnaient vingt mille francs de dot. Jacques ne portait point trop haut ses prétentions, et je pensai, sans le lui dire, qu'il aurait pu faire mieux sous le rapport de la fortune.

Le croirait-on? ce brave garçon fut refusé. On lui préféra un petit professeur de violon courant le cachet.

Jacques portait la peine de sa naissance. Est-ce que la fille d'un quincaillier en gros et en demi-gros peut épouser un jeune homme dont le père et la mère sont inconnus et qui a été élevé à l'hospice?

« Si encore, disait le quincaillier au patron de Jacques, si encore votre contremaître avait fait oublier son origine! mais point du tout, on dirait qu'il veut en rafraîchir le souvenir. Ne va-t-il pas à peu près tous les dimanches à la messe de l'hôpital? ne fréquente-t-il pas un prêtre aumônier, ou ancien aumônier de ce même hôpital? Le jeune homme me convient beaucoup, son état aussi; mais vrai, il n'y a pas moyen de passer sur la naissance. »

Le coup fut sensible, très sensible à Jacques; je crois qu'il fut blessé dans son cœur beaucoup plus que dans son amour-propre.

Quel parti allait-il prendre? Il me semblait, en y réfléchissant, que plusieurs devaient s'offrir à son esprit : premièrement, renoncer à se marier; secondement, demander la main de quelque fille honnête et pauvre, dont la famille consentirait à passer sur la tache de la naissance; troisièmement, quitter la ville, la région, aller habiter Paris : perdu dans la foule, il lui serait facile de cacher ses origines. Il faudrait, il est vrai, les faire connaître le jour du mariage; mais cette connaissance ne dépasserait pas un certain rayon et serait bientôt oubliée.

Le temps était passé où je pouvais et devais même conseiller Jacques, sans attendre qu'il me demandât mon avis. A vingt-huit ans et dans la situation où il se trouvait, c'était de lui-même principalement, sinon uniquement, qu'il devait prendre conseil. Je me bornai donc à demander à Dieu qu'il éclairât mon jeune ami.

Le patron de Jacques fut moins discret; il lui prodigua ses bons avis. Ce n'était plus l'honnête et simple serrurier Joubert, mais un entrepreneur de haute volée qui, en construisant des églises, des théâtres, des écoles, des salles de bal, était arrivé en quelques années à une grosse fortune.

« Mon cher Monsieur, dit-il à son contremaître, auquel il voulait du bien à sa manière; mon cher Monsieur, vous me paraissez être dans une mauvaise voie. Le cléricalisme (on commençait à appeler de ce nom le catholicisme et même le simple christianisme), le cléricalisme n'a pas le vent en poupe, et il ne l'aura pas, selon les meilleurs calculs, de quelques années, et avant la réaction inévitable que tout le monde prévoit sans pouvoir en fixer la date, même d'une manière approximative. En attendant, je vous le répète, le cléricalisme n'a pas le vent en poupe. Ne montez donc pas dans cette galère, vous vous noieriez avant d'arriver au port. Pour parler sans figure, fréquentez moins les prêtres, et qu'on ne vous voie plus chaque dimanche à cette messe de l'hospice, dont vous êtes l'assistant le plus édifiant et le plus assidu, paraît-il. Moyennant cette conduite, je me charge de vous faire faire, avant six mois, un mariage plus avantageux que celui que vous venez de manquer. »

Jacques remercia poliment son patron de l'intérêt qu'il lui montrait, et continua de fréquenter la messe de l'hospice. Les jours de grandes fêtes seulement, il venait aux offices solennels de la cathédrale me voir « pontifier », comme il disait en souriant. Il était fier de son chanoine.

Il vint un jour me trouver et me dit : « Je me marie décidément ; cette fois, la famille de la future ne me fera plus d'opposition. »

Comme je ne disais rien, il ajouta :

« Vous ne me demandez pas pourquoi ?

— Mais parce que vous êtes, sous tous les rapports, un excellent parti.

— Vous me flattez, monsieur l'aumônier... Pardon, monsieur le chanoine ; la famille de la future ne fait pas opposition à mon mariage, par l'excellente raison que, comme la mienne, elle brille par son absence.

— Que me dites-vous là, mon cher Jacques ?

— La vérité, monsieur le chanoine. Vous connaissez Madeleine Larivière ?

— Voulez-vous parler de la femme de chambre de Mme la marquise des Ormeaux ?

— Précisément ; c'est elle que j'épouse. Je me suis adressé à elle directement. J'ai sa parole, et elle a la mienne. »

Je serrai la main de Jacques, et lui dis :

« Ce que vous faites là est beau, mon cher ami, et je crois que c'est aussi sage que beau. Je connais assez le monde, et j'ai assez entendu parlé de Madeleine Larivière par Mme des Ormeaux, pour pouvoir vous assurer que vous avez mis tout simplement la main sur un trésor. »

Disons, pour le lecteur qui ne l'aurait pas deviné, que Madeleine Larivière, une belle jeune fille de vingt-deux ans, avait été portée à l'hospice par sa mère restée inconnue, et qu'elle y avait été élevée jusqu'à treize ans. Beaucoup de demoiselles du petit et du haut commerce, du gros et du demi-gros, ont moins de qualités physiques et morales, naturelles et acquises, que la femme de chambre de Mme la marquise des Ormeaux.

Le mariage fut, à quelques semaines de là, béni par moi à la cathédrale. Ç'a été une union heureuse entre toutes : pas un nuage en dix ans ! A quarante et un ans, Jacques a trois enfants charmants ; il est entrepreneur pour son compte et marche à la fortune. S'il n'y court pas, s'il n'y vole pas, s'il n'y est pas arrivé comme beaucoup de ses collègues et de ses concurrents, c'est qu'il a plus de principes et plus de scrupules qu'eux.

Et ce n'est pas tout : M. Jacques, l'entrepreneur, est conseiller municipal, juge au tribunal de commerce, membre de la société des *Beaux-Arts réunis*, et administrateur, oui, administrateur, influent de cet hôpital dans lequel il a été nourri jusqu'à quatorze ans par charité.

Si, dans ses fonctions, M. Jacques n'a pas fait tout le bien qu'il aurait voulu, ce n'est pas sa faute, c'est celle de nos temps troublés; il a du moins empêché beaucoup de mal. Tant qu'il sera administrateur de l'hôpital, cet établissement ne sera pas laïcisé, et on continuera à voir au-dessus de la porte d'entrée l'inscription : *Christo in pauperibus* : « A Jésus-Christ dans la personne des pauvres. » Est-ce que M. Jacques n'en est pas une preuve vivante, non seulement que l'influence chrétienne n'est pas nuisible, mais qu'elle est éminemment utile à ceux qui consentent à l'accepter ?

Qu'il me soit permis d'ajouter que le sort, la chance, la veine et autres mots synonymes, s'il en existe d'autres, ne sont que de vains mots. L'Écriture sainte a raison de dire que Dieu a placé chaque homme dans la main de son propre conseil. Chacun de nous fait sa destinée temporelle et éternelle. Est-ce que Pierre, Paul et Jacques, n'étaient pas entrés dans la vie aussi également dépourvus de toutes ressources? Pourquoi leur carrière a-t-elle été si différente, sinon parce qu'ils ont usé d'une façon différente de leur liberté ? Les fruits sont toujours conformes à la graine. C'est entre dix et seize ans que se dessine et se forme l'homme définitif. Heureux qui, à cette période de la vie, se laisse gouverner par la seule règle assez sûre, celle des convictions et des pratiques chrétiennes.

L'EX-GENDARME JOLLIVERT

I

Le temps était affreux. Depuis quatre jours une tempête hivernale soufflait. La neige tombait en abondance, et rien n'indiquait que cette averse de flocons touchât à sa fin. Pourtant il y avait, en moyenne, deux pieds de neige sur le sol. Chemin de fer, diligences, facteurs ruraux, correspondance de gendarmerie, tous les services publics étaient en retard de plusieurs heures, en attendant, — ce qui ne pouvait tarder si le temps persistait, — qu'ils s'arrêtassent complètement, comme presque tous les services particuliers l'avaient déjà fait.

Sur la route départementale qui va de Richebourg à Saint-Juvisien, une berline, attelée de quatre chevaux, n'avançait qu'au pas, malgré les coups de fouet et les jurons prodigués par le cocher. L'équipage mettait une heure pour faire quatre kilomètres. Comme il y avait encore douze kilomètres pour atteindre Saint-Juvisien, le cocher s'attendait à arriver gelé. Car, contrairement à ce qui a lieu d'ordinaire, la chute de la neige n'avait pas diminué le froid. Une bise âpre cinglait, rougissait, bleuissait tout visage humain à sa portée. Et le visage du cocher de la berline était éminemment à sa portée. La bise vient du nord, comme dit M. de la Palisse, et Saint-Juvisien, but du voyage, était exactement au nord de Richebourg, d'où l'équipage était parti.

Cependant la route montait peu à peu, et la berline en était venue à marcher moins qu'au pas d'un homme à pied. Arrivé au sommet d'un plateau, le véhicule s'arrêta; le cocher descendit de son siège, ouvrit la portière et dit à un voyageur emmitouflé dans des manteaux et des fourrures :

« Monsieur, nous sommes au carrefour des Bridiers. »

Le voyageur se débarrassa d'une partie de ses couvertures, mit pied à terre et braqua une longue-vue qu'il portait en bandoulière sur la route parcourue.

« Je crois, dit-il, que nous sommes en avance de quatre kilomètres sur eux.

— Vous pourriez bien dire cinq kilomètres et demi.

— Vous croyez ?

— J'en suis à peu près sûr.

— Alors nous arriverons avant eux à Saint-Juvisien?

— Je l'espère.

— Pourvu que l'idée ne vienne pas à mon collègue de descendre de voiture, et d'enfourcher un de ses quatre chevaux !

— Il aurait tort, son cheval irait moins vite seul qu'avec ses trois compagnons. Croyez-moi, remontez en voiture et laissez-moi vous conduire.

— Soit, mais n'oubliez pas qu'il y a cent francs de pourboire si nous atteignons Saint-Juvisien une demi-heure avant la voiture qui nous suit.

— Et si nous y arrivons une heure plus tôt ?

— Alors c'est deux cents francs.

— Merci, Monsieur. »

Le cocher remonta sur son siège, fit claquer sa langue et son fouet, et pendant quelque temps l'équipage alla presque au trot, malgré l'amoncellement de plus en plus considérable de la neige.

On arriva à Saint-Juvisien.

« Qui peut circuler par un temps pareil ? » dit Brinois, l'hôtelier de la *Croix-Blanche*, en voyant une berline attelée de quatre chevaux s'arrêter à sa porte.

Tout en s'étonnant, maître Brinois quitta la place qu'il occupait sous le manteau de la cheminée de sa cuisine, et sortit pour aider le cocher à dételer les chevaux et à remiser la voiture.

Un voyageur, couvert de manteaux et de fourrures, était déjà sorti de la berline.

« Une chambre ! cria-t-il, du feu ! à dîner ! Je meurs de froid et de faim. »

Renonçant à aider le cocher, qui avait pourtant besoin d'aide, tant il était transi par le froid, l'hôtelier conduisit le voyageur dans une chambre du premier étage où un gros feu ne tarda pas à flamber.

« Quel pays abominable ! » grommela le voyageur, qui s'était assis dans un assez bon fauteuil et se chauffait avec volupté.

L'hôtelier eut envie de répliquer que Saint-Juvisien n'était pas plus abominable que le reste de la France, puisque la France entière était couverte de neige ; mais il se retint. Il ne faut pas contredire le client, surtout lorsqu'il est riche et libéral. Or, à en juger par ses vêtements et ses allures, le voyageur était riche. Il était libéral aussi, puisqu'il demandait pour coucher une chambre à feu et un dîner confortable.

Pendant son dîner, arrosé des vins les plus généreux que put fournir la cave de la Croix-Blanche, le voyageur fit appeler M. Brinois.

« Asseyez-vous, lui dit-il, acceptez un verre de chartreuse, et veuillez me donner quelques renseignements.

— A vos ordres, Monsieur, répondit l'hôtelier.

— Connaissez-vous un gendarme en retraite, nommé Jollivert?

— Parfaitement.

— Il habite Saint-Juvisien, n'est-ce pas?

— En effet, Monsieur.

— Ayez l'obligeance de me conduire chez lui. J'ai besoin de lui parler le plus tôt possible.

— C'est que, dit l'hôtelier, Jollivert n'est pas près d'ici.

— Comment! vous m'avez dit qu'il habite Saint-Juvisien.

— Et je le répète; seulement il y a Saint-Juvisien bourg et Saint-Juvisien commune, et notre commune a six mille hectares de superficie. Jollivert habite, à l'extrême frontière, un hameau appelé la Gânerie.

— Alors conduisez-moi sur-le-champ à la Gânerie.

— Vous oubliez, Monsieur, le temps qu'il fait. La neige, qui a deux pieds d'épaisseur sur la route départementale, en a quatre et plus dans le chemin creux qui mène à la Gânerie. Le chemin est impraticable aux voitures et aux chevaux.

— J'irai à pied alors. »

L'hôtelier secoua la tête. Le voyageur avait au moins cinquante ans, il était gros jusqu'à l'obésité,

« Je vous assure, dit Brinois, que vous risqueriez d'attrapper une fluxion de poitrine ou une pleurésie.

— Assez causé, partons.

— Puisque vous vous obstinez, je vais faire demander le cantonnier, qui connait la route, et qui vous conduira beaucoup mieux que je ne saurais le faire. »

Le cantonnier arriva et déclara tout net que le chemin de la Gânerie était pour l'heure impraticable.

« Il faut pourtant que j'arrive, coûte que coûte, à la Gânerie, répondit le voyageur. Voici cinquante francs; je vous en promets autant si vous m'y menez avant qu'il soit nuit close. »

Le cadeau et la promesse firent leur effet. Le cantonnier s'adjoignit deux paysans armés de bêches, pour enlever la neige dans les endroits où elle serait par trop épaisse, et on se mit en route.

Maitre Brinois monta dans la chambre, où le cocher achevait un plantureux dîner, et il essaya de faire causer l'homme. Mais le cocher, soit qu'il eût ordre de se taire, soit qu'il ne sût rien, resta muet; et le propriétaire de la Croix-Blanche continua à se demander quelles raisons son client pouvait avoir pour faire une visite aussi difficile à un homme aussi insignifiant que l'ex-gendarme Jollivert.

Trois quarts d'heure plus tard, une seconde berline, attelée de quatre chevaux, s'arrêta à la porte de la Croix-Blanche. Un voyageur en descendit, entra comme un ouragan dans la cuisine et cria :

« Un potage, un bouillon! quelque chose de chaud, et vite! vite! »

Après avoir avalé, en se brûlant la langue et le gosier, le bouillon servi, le voyageur dit :

« Est-ce qu'une voiture à quatre chevaux n'est pas arrivée ici, il y a environ trois quarts d'heure?

— Oui, Monsieur, répondit l'hôtelier.

— Et où est-elle?

— Dans la remise.

— Je vous demande où est le voyageur qui en est descendu?

— Sur le chemin de la Gânerie.

— Qu'est-ce que la Gânerie?

— Un hameau, une maison isolée, habitée par le gendarme en retraite Guillaume Jollivert. »

Le voyageur laissa échapper un demi-juron; puis, arpentant à grands pas la cuisine, il s'écria :

« Allons! c'est une partie perdue. »

Il ajouta en se calmant un peu :

« Il doit y avoir plusieurs chemins conduisant au logis de M. Jollivert. Ne me serait-il pas possible d'y arriver avant le voyageur qui m'a précédé? J'offre mille francs à celui qui me conduira, si j'arrive bon premier. »

Et il sortit de sa poche un portefeuille, d'où il tira un billet de banque de mille francs tout battant neuf. Comme l'hôtelier, l'hôtelière, leur fille et leur servante, se taisaient en admirant le billet, le voyageur reprit :

« M'entendez-vous? Je vous demande s'il n'y a pas, pour arriver à la Gânerie, un chemin plus court que celui qu'a pris M. Dumont.

— Si, dit l'hôtelier, il y a le chemin des oiseaux.

— Je ne plaisante pas, monsieur l'hôtelier.

— Ni moi non plus, Monsieur.

— Décidément Dumont aura gagné la partie.

— Je le crois, Monsieur; il avait une aussi forte envie que vous d'arriver, et comme il a une heure d'avance, il est à croire qu'il en profitera.

— Faites-moi grâce de vos réflexions, et donnez-moi à dîner.

— Tout de suite, Monsieur.

Il fallait, en effet, que M. Dumont eût une forte envie d'arriver pour triompher des obstacles, je veux dire de la neige qu'il trouva sur son chemin. Il dut promettre cent francs de plus au cantonnier et à ses aides découragés et menaçant de rebrousser chemin. Chose étrange, ce bourgeois ventripotent montrait plus d'énergie que les trois paysans qui lui frayaient

Le cantonnier alla heurter à la porte.

la route. Quatre ou cinq fois il prit une des bêches et déblaya le chemin avec une ardeur qui, pour être fébrile, n'en était pas moins puissante et féconde en résultats. On arriva enfin, en pleine nuit, et après quatre heures de fatigues excessives, à la porte du hameau de la Gânerie.

La lune, jetant toute sa clarté, permit à M. Dumont et à ses aides de contempler la tête de l'honnête gendarme, coiffée d'un couvre-chef vulgairement nommé bonnet de coton.

« Qu'y a-t-il? dit Jollivert. Êtes-vous fous de venir réveiller un sexagénaire par un temps pareil? Le thermomètre marque quatorze degrés au-dessous de zéro, savez-vous? Allez à vos affaires, je regagne mon lit. »

Et la fenêtre se referma brusquement.

« Cantonnier, dit M. Dumont, M. Jollivert doit vous connaître; nous allons heurter de nouveau. Tâchez d'être assez persuasif pour qu'il nous ouvre sa porte.

— Il l'ouvrira, ou bien nous l'enfoncerons, reprit le cantonnier. Charbonnier est maître chez lui en temps ordinaire; mais par un temps pareil, il ne lui est pas permis de laisser quatre chrétiens coucher à la belle étoile.

— Vous avez raison, il y a force majeure; néanmoins procédons par la douceur et la persuasion. »

Le cantonnier allait heurter à la porte, il n'en eut pas le temps; Jollivert reparut à sa croisée. En sentant la douce chaleur de sa couche, le bon gendarme avait été pris de remords et s'était demandé s'il était chrétien et même humain de laisser quatre hommes dehors, lorsque le thermomètre marquait quatorze degrés au-dessous de zéro.

« Qui êtes-vous? dit-il de sa fenêtre et d'un ton bourru.

— Vous ne connaissez pas Pierre Leroux, le cantonnier de Saint-Juvisien?

— Si, mais vous n'êtes pas seul.

— J'ai avec moi Jean Rozou et Léonard Duris, que vous connaissez bien. Nous accompagnons un monsieur étranger au pays. Il nous est impossible d'aller plus avant et de retourner à Saint-Juvisien.

— Ne pouvez-vous pas vous rendre à la Gaudinière, qui n'est qu'à une demi-lieue de là, où vous trouverez des chambres et des lits?

— Impossible! Nous allons périr de froid à votre porte, si vous ne nous prenez pas en pitié.

— C'est bon! je descends ouvrir. »

La porte ouverte, les quatre voyageurs pénétrèrent dans le rez-de-chaussée, où un gros feu fut vite allumé. Grâce à la chaleur du foyer et à quelques petits verres d'eau-de-vie offerts par l'ex-gendarme, les trois campagnards ne tardèrent pas à se remettre. Il n'en fut pas ainsi du bourgeois, qui tombait de fatigue et de sommeil. Le pauvre homme faisait peine à voir. C'est tout au plus s'il avait conscience du lieu où il était et de l'importante affaire qui l'y avait conduit. Ses compagnons furent obligés de lui ôter ses habits, de l'envelopper d'un vieux manteau de l'ex-gendarme, et de le coucher sur un matelas emprunté au lit de M. Jollivert. Ils furent, eux, moins difficiles et s'arrangèrent de quelques bottes de paille étendues sur le sol de la cuisine, non loin du foyer.

M. Jollivert essaya de faire causer les trois compagnons. Il s'étonnait, non sans raison, qu'ils fussent dehors par un pareil temps, avec ce gros bourgeois. Le cantonnier répondit que c'était à lui, M. Jollivert, que le monsieur étranger en voulait.

« Et que me veut-il? interrogea l'ex-gendarme.

— Je n'en sais rien. Il vous le dira demain sans doute. Pour le moment il dort, et j'aurais bien envie d'en faire autant.

— Vous avez raison, cantonnier. Bonne nuit! A demain les affaires, si affaires il y a. »

Pendant que tout le monde est plongé, à la Gânerie, dans un profond sommeil, nous allons dire au lecteur ce qu'était au juste M. Jollivert, le gendarme en retraite, et la nature de l'affaire qui conduisait M. Dumont dans ce pays perdu, par des chemins couverts de plusieurs pieds de neige, et lorsque le thermomètre marquait quatorze degrés au-dessous de zéro.

II

On eût bien étonné le baron Louis-Victor-Guillaume-Adélaïde de Jollivert, général de brigade du premier empire et plusieurs fois millionnaire, si on lui eût dit que son petit-fils Guillaume, après avoir été simple gendarme, vivrait à la Gânerie avec une retraite de sept cent vingt-trois francs quarante-sept centimes.

C'est pourtant ce qui arriva.

Louis de Jollivert, le fils aîné du baron, ayant voulu faire de l'agriculture scientifique et perfectionnée, perdit la moitié de sa fortune. Le désir de réparer cette énorme brèche l'engagea dans des spéculations financières, qui amenèrent sa ruine complète. Après sa mort, causée par le chagrin, sa fille entra en religion et son fils au régiment. Le frère et la sœur avaient pourtant des oncles et des tantes qui auraient pu et dû peut-être leur venir en aide. Nul n'y songea, et les orphelins furent réduits à leurs seules forces et à leurs seules ressources.

Mlle Louise de Jollivert, en religion sœur Saint-Marc, devint, à l'âge de cinquante ans, supérieure générale des soixante maisons de sa congrégation. L'avenir de son frère fut moins brillant. Après avoir été quatorze ans simple soldat, il entra dans la gendarmerie, où il resta, jusqu'à sa retraite, simple gendarme.

Ni l'instruction, ni le courage, ni la discipline, ni l'amour de son état, ne manquèrent au soldat. Des camarades, bien moins doués et moins méritants, devinrent colonels et généraux. Il ne suffirait pas de dire, pour expliquer la fortune du petit-fils du baron de l'Empire, qu'il manqua d'ambition. C'est vrai; mais beaucoup de gens sans ambition ont été, presque malgré eux, portés aux pouvoirs et aux honneurs par les événements. Les événements, qui ne firent pas défaut autour de Jollivert, ne le portèrent nulle part. Ce ne fut pas leur faute. Ce qui perdit, — s'il fut perdu, — le petit-fils du baron, ce fut d'avoir mal choisi son héros. Au lieu de prendre pour modèles les Fabert, les Catinat, les Masséna, les Lefebvre, les Ney, les Soult, tant de simples soldats devenus généraux et maréchaux, Jollivert s'enthousiasma pour La Tour d'Auvergne.

La Tour d'Auvergne, né en Bretagne en 1743, mourut le 27 juillet 1800 au combat de Neubourg. Tout le monde sait qu'il refusa les hauts grades militaires que lui avaient mérités son instruction et sa bravoure. Il n'accepta que les fonctions de capitaine. Encore abdiqua-t-il ce grade pour remplacer, en qualité de simple soldat, le fils d'un ami, nécessaire au soutien de sa famille. Il fut nommé, par le premier consul Bonaparte, *premier grenadier de France*, et obligé d'accepter un sabre d'honneur. Longtemps, lorsqu'on faisait l'appel des soldats de son régiment, on nommait La Tour d'Auvergne, et il était répondu : « Mort au champ d'honneur! »

Tel était celui que Jollivert avait pris pour modèle, et dont il imita la bravoure et la modestie, sinon les talents. Les modestes sont pris au mot partout, dans l'armée plus qu'ailleurs, où l'avancement est vivement recherché. Après quelques encouragements et quelques reproches de ses chefs sur l'insouciance qu'il montrait pour les galons, notre héros fut laissé tranquille, et si l'ambition lui était venue vers la fin ou même vers le milieu de sa carrière militaire, c'eût été probablement trop tard.

Le pli était pris, et la vérité nous oblige de dire que, dans la gendarmerie, Jollivert, quoique aimé et estimé de ses camarades et de ses chefs, n'eut pas occasion de refuser de l'avancement, par l'excellente raison qu'il ne lui en fut pas offert. Pourtant, lorsqu'il prit sa retraite avec sa maigre pension de sept cent vingt-trois francs quarante-sept centimes, son colonel s'inquiéta de l'avenir du vieil invalide, et s'employa à lui obtenir un bureau de tabac à Saint-Juvisien.

Deux bureaux existaient déjà dans la petite ville; le troisième, établi dans un faubourg, ne pouvait guère rapporter que quatre ou cinq cents francs de bénéfices nets. Si médiocre qu'elle fût, cette somme n'était pas à dédaigner. Malheureusement l'ex-gendarme s'y prit de façon que, dans les deux premières années, ses bénéfices furent nuls. Il ne vendait guère qu'à de pauvres gens, achetant leur tabac à priser ou à fumer par petits paquets de dix, quinze ou vingt centimes. Jollivert avait tellement peur de faire le poids trop faible, qu'il le faisait trop fort. La réputation de ce débitant ultra-consciencieux se répandit dans la commune, et les acheteurs abondèrent, sans que les profits augmentassent. Le titulaire du bureau en fut pour sa peine. Peu s'en fallut même qu'à la fin de sa troisième année il ne fût en perte.

Quelques amis conseillèrent à l'ancien gendarme de louer ce bureau de tabac par trop improductif. Il suivit le conseil. Mais le gérant, n'ayant pas suivi les errements du titulaire, ne vendit presque rien. L'administration des tabacs finit par retirer à Jollivert la concession qu'elle lui avait accordée. C'est alors que, quittant le chef-lieu de la commune, il alla s'établir sur l'extrême frontière, à la Gânerie; une maisonnette isolée et accostée d'un petit jardin, un véritable ermitage.

L'ermite fut laissé bien tranquille par les nombreux neveux et les non moins nombreuses nièces qu'il avait dans les rangs de la haute et de la moyenne bourgeoisie. Quelques amis l'oublièrent aussi. Il se consola en cultivant son jardin. On ne le vit plus guère qu'à l'église le dimanche, lorsque ses rhumatismes lui permettaient de faire le trajet.

Seule sa sœur, la religieuse, lui garda une tendre amitié. Mais plus de deux cents lieues les séparaient. Dix années s'écoulèrent sans qu'ils pussent se voir. Ils durent se borner à quelques lettres échangées de temps en temps.

Il nous faut dire maintenant pourquoi M. Dumont, qui n'était ni un parent ni un ami, était venu chez Jollivert, malgré les difficultés des chemins et un froid intense.

Le grand-père de l'ancien gendarme, le général baron de Jollivert, avait un frère cadet qui était allé en Amérique. Il y mourut presque centenaire, laissant une fortune estimée soixante millions de francs. Par un testament fort court, il léguait tout ce qu'il possédait, à sa mort, à son plus proche parent. Quel était ce plus proche parent? Le consul des États-Unis à Bordeaux fut chargé par son gouvernement de s'en enquérir. Soit qu'il y mît de la négligence, soit qu'il s'y prît mal, pendant plusieurs mois l'opulente succession ne fut réclamée par personne.

Heureusement pour les héritiers qui ignorent leurs droits, il existe des agences qui se chargent de les leur faire connaître. Presque au même jour, deux de ces agences, dont le siège est à Paris, découvrirent qu'il existait, dans les Basses-Alpes et dans la petite ville de Saint-Juvisien, un ancien gendarme nommé Jollivert, lequel était, selon toutes les probabilités, le plus proche parent du Jollivert décédé à New-York, soixante fois millionnaire.

Il faudrait un Homère pour chanter la lutte qui commença entre l'agence Caillard et Cie et l'agence Tournois et fils. Les chartriers, les pouillés, les greffes, les mairies, les notariats de la Bretagne furent fouillés par des spécialistes chèrement payés (les Jollivert étaient de Bretagne). Les humanistes de la Renaissance ne mirent pas à chercher les manuscrits grecs et latins la moitié du zèle qui fut déployé par Caillard et Tournois pour arriver à la découverte d'un acte de naissance, ou d'un acte de décès, ou d'un acte de mariage concernant un Jollivert. Ces efforts furent, des deux parts, couronnés par le succès. L'agence Caillard et Cie se trouva en possession de la généalogie des Jollivert. Moins de vingt-quatre heures plus tard Tournois et fils recevaient la pièce, qui complétait dans leurs mains la même généalogie.

Et ce qu'il y a de particulier, c'est que les découvertes de Caillard, à peine faites, étaient connues de Tournois, et celles de Tournois révélées à Caillard. Les employés des greffes, les secrétaires des mairies et les clercs de notaire sont certainement des gens discrets ; mais quelques louis délient les langues de personnages plus hauts que ces messieurs.

Il y avait six heures que l'employé de l'agence Caillard était parti, lorsque celui de Tournois et fils se mit en route. Tous deux avaient pour objectifs Saint-Juvisien et l'ex-gendarme Jollivert. L'employé des Tournois fit des prodiges. Sans un accident qui arriva au train qui le conduisait, il aurait atteint et peut-être dépassé son collègue. Tout est bien qui finit bien, et ce fut, on l'a vu, le ventripotent Dumont qui arriva premier à la Gânerie.

Pas n'est besoin de dire que les deux agents ne travaillaient pas uniquement dans les intérêts, en ce monde, de la justice distributive et du placement légitime des successions ; elles avaient coutume de prélever un honnête courtage. Tournois demandait d'habitude le cinquième de l'héritage, Caillard et Cie allait jusqu'au quart. D'ordinaire le client s'exécutait sans réclamer. On peut bien donner vingt mille francs et même vingt-cinq à qui vous en fait trouver cent mille, sur lesquels vous ne comptiez aucunement. Dans l'espèce, et l'héritage étant de soixante millions, c'était quinze millions qui devaient revenir à l'agence Caillard et Cie. Un courtage honnête, comme on voit.

L'affaire était assez importante pour que le sommeil de Dumont en fût à la Gânerie abrégé et troublé. Il se réveilla, en effet, vers quatre heures du matin, et se mit à se demander comment il devait procéder vis-à-vis de M. Jollivert. Il était si fatigué lorsqu'il l'avait vu, qu'à peine avait-il gardé une idée de sa personne et de ses manières. C'était un homme pauvre et honnête, voilà tout ce qu'il savait. Or il ne fait pas bon dire carrément à un homme pauvre et honnête qu'il a droit à un héritage de soixante millions, et qu'on lui en porte les titres.

Il verrait, il tâtonnerait, il s'inspirerait de l'attitude et des réponses de l'ancien gendarme. Lui aussi, Dumont, avait un honnête courtage sur celui qu'il devait obtenir pour son agence, et il ne voulait pas le manquer. Ce n'est pas tous les jours qu'on trouve à gagner cinquante mille francs.

Ces réflexions le conduisirent au point du jour. Lorsqu'il se leva, le cantonnier et ses aides étaient sortis de la maisonnette, pour examiner où en était la température. Jollivert, lui, s'occupait de préparer une soupe au lard et aux pommes de terre pour ses quatre visiteurs. C'était tout ce que sa pauvreté lui permettait de leur offrir.

L'employé de l'agence Caillard et Cie fut enchanté des façons d'agir de l'ancien gendarme. Puisque cet opulent héritage devait échoir à quelqu'un, autant valait qu'il tombât dans les mains de cet honnête homme.

La difficulté était de congédier les trois paysans, qui montraient une curiosité importune. Le cantonnier protestait qu'il resterait à la Gânerie tout le temps qu'il faudrait. Il y avait, à défaut de pain, assez de pommes de terre pour qu'on pût subsister plusieurs jours. Il ne laisserait pas M. Dumont revenir seul à Saint-Juvisien, au risque de se perdre dans les neiges d'autant plus dangereuses, que le dégel avait commencé. L'employé de l'agence dut de nouveau recourir à son porte-monnaie, heureusement bien garni, pour se débarrasser de ce dévouement gênant. Enfin les trois campagnards partirent, et Jollivert et Dumont se trouvèrent en tête-à-tête devant le feu de la cuisine.

Sans se préoccuper outre mesure, l'ancien gendarme se demandait ce que lui voulait ce bourgeois, qui était venu à travers tant d'obstacles chez lui, et qui, sans y être invité, y restait malgré ce que le logis offrait de peu confortable.

III

Dumont commença :

« Que diriez-vous, monsieur Jollivert, à quelqu'un qui vous proposerait une affaire où il y a à gagner de l'argent, beaucoup d'argent, énormément d'argent ?

— Je lui demanderais si l'affaire est honnête.

— Vous avez raison, l'honnêteté avant tout ! Mais s'il vous était prouvé que les bénéfices offerts sont légitimés par toutes les lois divines et humaines, comment accueilleriez-vous l'offre qui vous en serait faite ?

— Je n'en sais trop rien. Il se pourrait que je la déclinasse. Outre qu'elles n'ont jamais été dans mes goûts, les affaires ne conviennent plus à mon âge.

— Les affaires difficiles, embrouillées, offrant des chances de perte et de gain, aléatoires enfin, soit ! Mais s'il vous suffisait de donner votre signature pour entrer en possession d'une grosse fortune ?

— Ce serait autre chose. Mais où voulez-vous en venir, Monsieur ? Ce n'est pas vous qui m'apportez la grosse fortune dont vous parlez.

— Peut-être.

— Eh bien! veuillez vous expliquer. Tout cela commence à m'intriguer.

— L'explication ne tardera pas. Permettez-moi de la faire précéder d'une courte histoire.

— A votre aise, Monsieur.

— Un homme possédait, sans s'en douter, un trésor dans ses champs. Un étranger lui proposa de le conduire sur le lieu même où il était caché, à condition qu'il aurait le quart de la somme découverte. Croiriez-vous que l'homme au trésor trouva trop forte la récompense demandée?

— Il avait tort. D'après le code civil, le trésor doit être partagé par moitié entre celui qui le découvre et le propriétaire du sol où il est enfoui. Mais, encore une fois, où voulez-vous en venir?

— A vous demander si vous céderiez le quart d'une fortune à celui de qui vous la tiendriez.

— Mais certainement. Donnez-moi, pour voir, un billet de cent francs, je m'engage à vous compter vingt-cinq francs sur-le-champ.

— Et s'il s'agissait de cent mille francs?

— Vous auriez vingt-cinq mille francs.

— Et d'un million?

— Deux cent cinquante mille francs. »

L'employé de l'agence Caillard et Cie hésitait encore; il hésitait même de plus en plus.

Il sentait que l'ancien gendarme ne prenait pas tout cela au sérieux. Malgré le désintéressement évident de M. Jollivert, il n'osait pas prononcer les mots essentiels pourtant de succession de soixante millions et de quinze millions de courtage.

Autre chose est un trésor, autre chose un héritage.

Le code civil, qui règle les droits de l'inventeur

du trésor et du propriétaire du sol, est muet sur les héritages découverts par les agences.

Une fois mis sur la piste, ce bon gendarme pouvait vouloir la suivre, sans plus se soucier de l'agence Caillard et Cie et de son employé, M. Dumont.

Il lui serait difficile, sans doute, de trouver les pièces constatant sa généalogie et ses droits ; mais la

M. Dumont prit congé de l'héritier.

difficulté n'était pas invincible, puisque M. Caillard en avait triomphé. Et puis il y avait l'employé de l'agence Tournois fils, qui devait être encore à Saint-Juvisien, et qui pouvait fort bien essayer de réussir où Dumont avait échoué.

« Je crois que je ferais mieux de jouer cartes sur table, finit par dire Dumont.

— En effet, et vous auriez dû commencer par là.

— Écoutez-moi donc. Votre grand-père avait un frère cadet qui partit pour l'Amérique. Le saviez-vous?

— Non, Monsieur, je l'ignorais absolument, n'ayant jamais connu mon grand-père ni mon oncle, et ayant entendu très peu parler de ses parents par mon père.

— Je m'en doutais. Vous avez pourtant un grand-oncle qui, étant allé aux États-Unis, y est mort centenaire, laissant sa fortune à son descendant le plus proche.

— C'est moi, alors.

— En effet, c'est vous. Nous avons eu assez de peine à vous découvrir dans ce trou de Saint-Juvisien. Savez-vous qu'il y a près d'un an que nous travaillons à réunir les pièces qui établissent votre généalogie ?

— Agréez tous mes remerciements. Et à combien monte la fortune de mon grand-oncle ?

— Essayez de deviner.

— A un million ?

— Non.

— A deux ?

— Vous n'y êtes pas.

— A dix ?

— Vous êtes encore loin de compte.

— Diantre ! Je jette ma langue au chien, savez-vous !

— M. de Jollivert a laissé soixante millions, qui seront avant trois mois dans les caves de la Banque de France, et à votre disposition. Quand je dis soixante millions, je devrais dire quarante-cinq, puisqu'il est convenu que l'agence dont je suis le représentant touchera quinze millions de courtage.

— Elle ne travaille pas pour rien, votre agence, savez-vous ?

— Nul ne travaille pour rien en ce monde.

— Vous avez raison. »

Ce n'était pas la première fois que le représentant

de l'agence Caillard et Cie annonçait à des gens plus ou moins pauvres la nouvelle d'un opulent héritage.

Il se souvenait d'un paysan alsacien devenu fou de joie, et resté fou à lier pendant plusieurs jours, en apprenant qu'un sien parrain, décédé à Singapour, lui avait légué cent mille francs (soixante-quinze mille, à raison du courtage). L'ancien gendarme, lui, ne témoignait ni joie ni satisfaction. Il accueillait ces quarante-cinq millions, qui lui tombaient du ciel, comme s'ils eussent été un quartier échu de sa pension de sept cent vingt-trois francs. Dumont n'en revenait pas ; il en était presque scandalisé. On fait meilleur accueil à la fortune, que diantre ! La philosophie est une belle chose ; encore ne faut-il pas qu'elle dégénère en insensibilité. Enfin chacun a son caractère. Celui de M. de Jollivert était singulier, on ne pouvait pas dire le contraire.

Tout en faisant ces réflexions, Dumont avait tiré une écritoire de sa poche, un porte-plume et une feuille de papier timbré.

« Permettez-moi, dit-il à l'ex-gendarme, de rédiger une petite pièce, que j'aurai ensuite l'honneur de vous soumettre.

— A votre aise, Monsieur. »

Il fallait que le rédacteur fût plein de son sujet, car il ne mit que trois minutes à peine pour écrire ce qui suit :

« Entre les soussignés :

« M. Guillaume de Jollivert (ou Jollivert), gendarme en retraite, domicilié à la Gânerie, commune de Saint-Juvisien ;

« Et M. Ambroise-Dieudonné Dumont, représentant et mandataire de l'agence Caillard et Cie, ayant son siège à Paris, rue des Prêcheurs, 17 *bis ;* ledit

Dumont, spécialement autorisé pour l'affaire dont s'agit, ainsi qu'il appert de la procuration à lui donnée par ladite agence,

« Il a été dit et convenu ce qui suit :

« M. Ambroise-Dieudonné Dumont s'engage à mettre M. Guillaume de Jollivert (ou Jollivert) en possession d'une somme de soixante millions de francs, à la condition que l'agence Caillard et Cie prélèvera sur cette somme un courtage de quinze millions.

« Les difficultés et litiges qui pourraient survenir sont à la charge de ladite agence, qui s'engage à faire trouver les soixante millions dont s'agit, en argent français, or et billets de banque, dans les caves de la banque de France.

« Fait double et de bonne foi, à la Gânerie, hameau dépendant de la commune de Saint-Juvisien, le 10 janvier 1873.

« Approuvé l'écriture :

« GUILLAUME DE JOLLIVERT, *alias* JOLLIVERT,

« Gendarme en retraite. »

Dumont passa le sous-seing à l'ex-gendarme, qui, après l'avoir lu rapidement, le signa sans mot dire, d'une main ferme et de sa plus belle écriture.

Étonnant, renversant, cet homme! pensait, tout en exultant, Dumont; on dirait qu'il s'agit de soixante francs. Si les patrons ne sont pas contents, ils seront difficiles. J'ai tout de même bien gagné mes cinquante mille francs.

Il était midi passé lorsque l'opération fut terminée. La faim, oubliée jusque-là par Dumont, commençait à se faire sentir.

« Monsieur de Jollivert, dit-il, je vous serais bien reconnaissant de m'offrir à déjeuner.

— Tout de suite, » répondit l'homme aux quarante-cinq millions, qui sortit de la cuisine et ne tarda pas à y revenir avec une demi-douzaine d'œufs, des pommes de terre et un beau morceau de lard salé.

L'omelette était succulente, mais enfin ce n'était qu'une omelette. Dumont, qui avait été régalé par dix-neuf héritiers en douze ans, ne l'avait jamais été d'une façon plus cordiale et plus simple.

Il était écrit que le malheureux agent aurait autant de difficultés pour quitter la Gânerie que pour y arriver. Pendant qu'il s'occupait de ses affaires, une brusque saute de vent avait transformé le dégel en verglas. Impossible d'entreprendre un trajet de quelque longueur, à moins d'être ferré à glace ou chaussé de chaussons. Force fut à M. Dumont de passer une seconde nuit sous le toit de M. de Jollivert. Il en profita pour donner discrètement à l'opulent héritier quelques conseils dont il avait grand besoin.

« Vous ne comptez pas rester plus longtemps à la Gânerie, n'est-ce pas ?

— Mais si. Pourquoi voulez-vous que je quitte mon ermitage ?

— Parce qu'un ermitage ne convient pas à un homme quarante-cinq fois millionnaire.

— Je ne les tiens pas encore, ces fameux millions.

— Je vous l'ai dit, ils seront dans les caves de la Banque de France dans quelques mois, peut-être dans quelques semaines. En attendant, ma maison vous avancera vingt-cinq mille francs, cinquante mille francs, tout l'argent que vous voudrez. Voulez-vous un bon conseil ?

— Certainement.

— Suivez-moi à Paris. Je vous installerai dans un

hôtel où vous pourrez attendre, sans trop d'impatience, l'entrée en possession de votre héritage.

— Merci, Monsieur, permettez-moi de ne pas profiter de votre obligeance. J'attendrai parfaitement ici.

— Je crains que vous n'y ayez des ennuis, des désagréments même.

— Et pourquoi cela ?

— Parce que la nouvelle va se répandre partout que M. de Jollivert vient d'hériter de soixante millions, et que les millions attirent les gens comme le miel attire les mouches. Attendez-vous à de nombreuses visites et à des quantités de lettres.

— Nous verrons bien. Il sera toujours temps de filer si on m'ennuie par trop, n'est-ce pas ?

— En effet. Un second conseil, toujours si vous le permettez.

— Je vous en prie.

— Ne vous hâtez pas de retirer votre argent des caves de la Banque. Mieux vaut perdre quelques intérêts que de risquer le capital. Il ne faudra placer vos fonds que sur des valeurs du premier ordre : consolidés anglais, rentes françaises, obligations des grandes lignes de chemins de fer.

— Vous me permettrez bien d'acheter une petite propriété ?

— Une grande même, une très grande et très belle à Paris, une autre à Nice, une troisième sur la plage bretonne ou normande. Ce sont là d'excellents placements. Défiez-vous, par exemple, des châteaux historiques et des galeries de tableaux.

— Soyez tranquille.

— Autre conseil. Il vous faudra un intendant pour gérer votre fortune. Choisissez-le entre mille, si vous ne voulez pas être volé.

— On y veillera.

— J'ai entendu dire que vous avez une sœur qui est à la tête d'une congrégation importante.

— C'est la vérité, et je compte bien partager avec ma sœur les quarante-cinq millions, si je les touche. Va-t-elle bâtir et réparer des églises, fonder des hôpitaux, entretenir des écoles chrétiennes, nourrir des pauvres, ma chère sainte !

— A la bonne heure ; mais défiez-vous un peu.

— Me défier de ma sœur !

— Oui, si vous ne voulez pas que votre part aille avec la sienne aux œuvres pieuses. Il est vrai que vous serez assez riches tous deux pour faire bien de pieuses folies avant de vous ruiner.

— Nous verrons bien. »

Vingt-quatre heures plus tard, les chemins restant toujours difficiles, mais étant devenus praticables, M. Dumont prit congé de l'héritier et se dirigea sur Saint-Juvisien. Ce ne fut pas sans avoir fait de nouvelles et infructueuses tentatives pour y conduire M. de Jollivert.

« Ni à Saint-Juvisien ni à Paris, répondit avec fermeté l'homme aux quarante-cinq millions. C'est à la Gânerie que je veux attendre le dénouement d'une affaire qui ne me paraît pas tout à fait aussi limpide qu'à vous.

— Alors, dit l'agent, vous avez des doutes sur vos droits à l'héritage ?

— Non, si un frère cadet de mon grand-père est mort laissant soixante millions à son plus proche parent. Qui vivra verra. Adieu, ou plutôt au revoir, et veuillez mettre à la poste de Saint-Juvisien cette lettre. Elle est à l'adresse de ma sœur. J'écris à ma chère sainte l'incroyable aventure qui m'arrive, ou plutôt qui nous arrive ; car je partagerai avec elle la réussite ou la déception.

— Elle est sûre alors de toucher vingt-deux millions cinq cent mille francs.

— Soit !

— Vous pourriez bien dire : Dieu vous entende !

— Dieu vous entende ! puisque vous y tenez. »

IV

Deux jours après le départ de M. Dumont, l'ex-gendarme vit le facteur de Saint-Juvisien s'arrêter à sa porte. C'était chose rare que cette station. L'ex-gendarme ne recevait ni journaux ni prospectus, et sa correspondance se bornait à trois ou quatre lettres qu'il écrivait à sa sœur dans le courant de l'année, ou qu'il recevait d'elle. Le facteur était porteur d'un journal : *l'Avenir financier*. Une colonne était marquée, en tête, de ces mots tracés au crayon bleu : *A lire*. Jollivert se rendit à cette invitation anonyme, et lut :

« Un proverbe dit : « Il y a loin souvent de la « coupe aux lèvres. » Cet adage vient de se vérifier. M. de Jollivert, mort assez récemment centenaire à New-York, a laissé une succession estimée soixante millions. Une de ces agences plus entreprenantes que prudentes, comme il y en a trop, s'est vantée d'avoir découvert l'héritier. C'est, assure-t-elle, un M. de Jollivert ou Jollivert, ancien gendarme, domicilié à la

Gânerie, commune de Saint-Juvisien (Basses-Alpes). Poussée par le désir de prélever un courtage usuraire, tant il est immodéré, ladite agence s'est trop pressée. Nous croyons lui rendre un service en l'avertissant charitablement que son Jollivert n'est pas le bon et le vrai. Le véritable héritier ne tardera pas à se faire connaître ; il n'attend pour cela que d'être en possession d'un acte de mariage, sur la trace duquel il est déjà. Son dossier sera alors complet, et il rejettera dans la poussière, d'où elles n'auraient dû jamais sortir, les pièces grossières fournies par l'ex-gendarme Jollivert. Avis à qui de droit ! »

Est-il nécessaire de dire au lecteur que ce petit morceau venait de l'agence Tournois fils, jalouse du succès de l'agence Caillard et Cie ? Le nouveau Jollivert dont elle parlait était de son invention. Pourtant elle faisait des recherches et ne désespérait pas de découvrir un Jollivert quelconque, dont elle menacerait le Jollivert de la Gânerie. On a vu des menaces de ce genre arracher quelques milliers de francs à l'héritier légitime, et quelques milliers de francs sont toujours bons à prendre.

L'honnête gendarme prit au sérieux cette tentative de chantage.

Hein ! se disait-il à lui-même, ai-je été bien inspiré de ne pas quitter la Gânerie ! Ce fameux héritage me paraît bien compromis. Se fût-on moqué de moi à Paris et à Saint-Juvisien, si je m'étais jeté goulûment sur cet hameçon ! N'abandonnons pas la proie pour l'ombre, et ne quittons nos humbles pénates qu'à bon escient, c'est-à-dire lorsque M. le directeur général de la Banque de France m'aura écrit qu'il tient quarante-cinq millions,— puisque quarante-cinq millions il y a,— à ma disposition. « Partir pour être évêque, dit un vieux proverbe, et revenir meunier.» Je ne veux pas donner sujet de dire : « Partir pour être millionnaire, et revenir avec une pension de gendarme. »

Si sincère que fût la philosophie du brave homme, il ne laissait pas d'être sensible à la déception qui l'atteignait. Il s'était trop hâté d'écrire à sa sœur. La chère sainte, avec son amour de Dieu, de l'Église, de sa congrégation et des pauvres, avait dû déjà disposer en idée de sa part de succession. Elle en serait pour ses projets généreux et charitables, et c'était dommage ; en vérité, c'était dommage.

Et, à ce propos, que devenait-elle, sa sœur ? Il aurait dû recevoir une lettre d'elle au dernier courrier. Ce retard était bien singulier. On ne néglige pas de répondre à quelqu'un qui vous écrit qu'il veut partager avec vous quarante-cinq millions. Ne serait-ce pas que la chère sainte, qui était une femme d'autant de tête que de cœur, trouvait l'affaire peu sérieuse et hésitait à l'écrire à son frère ?

La lettre arriva le lendemain matin, en compagnie de dix-huit autres. Oui, en un seul jour, l'ancien gendarme recevait dix-neuf lettres, plus qu'il ne lui en arrivait en trois années. Il n'en croyait pas ses yeux en examinant les suscriptions, et se demandait ce que lui voulaient ces écritures inconnues et ces timbres de bureaux de poste.

Cet étonnement n'échappa pas au facteur.

« Ce n'est que le commencement, voyez-vous, monsieur de Jollivert, dit-il. Allez-vous en recevoir, des lettres, pendant des semaines et même des mois ! Je crois bien que je serai obligé de remplacer mon sac par un autre deux fois plus grand. Permettez-moi, Monsieur, d'être le premier à vous féliciter de vive voix. Personne ne méritait mieux que vous cet opulent héritage, personne n'en aurait fait meilleur usage. Vous n'oublierez pas le facteur, n'est-ce pas, monsieur de Jollivert ?

— Certainement, certainement, » répondit l'ancien gendarme, qui rentra chez lui chargé de sa volumineuse correspondance.

Négligeant pour le moment les autres lettres, Jollivert se hâta de prendre connaissance de celle de sa sœur. Voici ce qu'écrivait sa co-héritière :

« Cher frère,

« Je manquerais de franchise si je ne te disais pas que la surprise que m'a causée ta lettre a été mêlée de joie. On fait tant de mal et tant de bien avec beaucoup d'argent ! Que de fois, depuis que je suis supérieure de mon institut, j'ai déploré que le manque de ressources m'empêchait de créer ou d'entretenir les œuvres les plus nécessaires et les plus urgentes ! D'ailleurs, rien n'arrive sans l'ordre de la Providence, et je crois fermement que c'est à un décret providentiel que tu dois le fabuleux héritage que tu m'annonces.

« Tu n'es pas seul à me l'annoncer. Dix journaux qui m'ont été envoyés parlent longuement de la succession échue à l'ex-gendarme Jollivert. Au moment où j'allais répondre à ta lettre et te demander des explications, est survenu M. Dumont, un représentant que tu connais bien de l'agence Caillard et Cie. Ce monsieur s'est plaint que tu sois comme saint Thomas et que tu ne veuilles pas croire aux soixante millions avant de les avoir vus et touchés.

« Je lui ai répondu que je partageais ton incrédulité. Il m'a montré alors une vingtaine d'actes de naissance, de mariage et de décès, ainsi que la copie notariée et légalisée du testament de notre grand-oncle de New-York. Je lui ai demandé s'il voulait me permettre de soumettre ces pièces à l'examen du notaire de notre institut et d'un ancien magistrat. Il y a consenti. Ces deux messieurs, après une rapide mais sérieuse étude, m'ont déclaré que l'affaire leur paraissait on ne peut plus sérieuse, et qu'à moins qu'on ne produisît un testament postérieur, tu étais bien l'héritier de M. de Jollivert, décédé centenaire et soixante fois millionnaire à New-York.

« Merci, cher frère, de vouloir partager cette opulente succession avec moi. J'accepte, et je vais te dire l'emploi que je compte faire de ma part, ou du moins d'une portion de cette part :

« 1° Deux millions au denier de Saint-Pierre ;

« 2° Deux millions à la Propagation de la foi ;

« 3° Un million pour les écoles chrétiennes de France les plus pauvres ;

« 4° Un million à l'œuvre de la Sainte-Enfance ;

« 5° Un million à l'œuvre de Saint-François-de-Sales ;

« 6° Un million à la Société bibliographique, pour les bibliothèques de bons livres ;

« 7° Un million pour les œuvres de l'institut dont je suis la supérieure indigne ;

« 8° Un million pour les bureaux de bienfaisance et les pauvres des villes et des bourgs où notre institut a des maisons ;

« 9° Un million pour les écoles d'Orient ;

« 10° Un million pour les œuvres de Son Éminence le cardinal Lavigerie ;

« 11° Cinq cent mille francs pour la fabrique de notre petite ville natale.

« Total : douze millions cinq cent mille francs.

« Les onze autres millions resteront dans les

caves de la Banque de France jusqu'à ce que j'en aie disposé.

« Je suis certaine, bien-aimé frère, que tu feras le meilleur usage de ta fortune ; et si j'ai une crainte, c'est que tu n'exagères la simplicité et la modestie de tes goûts. Souviens-toi que, comme noblesse, richesse oblige, et que tu n'as pas fait, comme ta sœur, vœu de pauvreté.

« Défie-toi des quémandeurs, qui ne sont pas tous intéressants et recommandables.

« Je suis de l'avis de M. Dumont, tu ne saurais rester à la Gânerie, ni même à Saint-Juvisien. Viens ici. Une maison de campagne, située à un quart d'heure de notre couvent, est à vendre. Tu t'y installeras, et nous pourrons nous voir deux fois par semaine en dehors de l'avent, du carême, de l'époque de la retraite et des jours de grandes fêtes. N'est-ce pas, bien-aimé frère, que ce sera pour toi et pour moi la plus grande joie de l'héritage ?

« J'attends ta réponse pour acheter en ton nom la maison de campagne dont je viens de te parler.

« Sœur Saint-Marc. »

Après cette lecture et les réflexions qu'elle fit naître, Jollivert se décida à attaquer le gros paquet de lettres qui était devant lui. La lecture de ces dix-huit missives lui prit deux heures et demie. Il nous faudrait presque autant de temps pour les analyser. Nous nous abstiendrons donc. Qu'il suffise au lecteur de savoir que deux de ces lettres venaient de neveux qui n'avaient pas donné signe de vie depuis trente ans à celui qu'ils appelaient aujourd'hui : « très cher oncle. » Quatre lettres avaient été écrites par des neveux dont le bon gendarme ignorait jusqu'à l'existence ; cinq portaient la signature de cousins du côté maternel. La chose était singulière, puisque la mère de M. Jollivert était fille unique. Il y avait une supplique d'un inventeur auquel il ne manquait que trois mille francs pour faire connaître le spécifique de la goutte et de la phtisie.

Que M. de Jollivert tirât une goutte d'eau de l'océan de ses richesses, et avant quelques mois la goutte et la phtisie seraient bannies de la terre.

Quatre gendarmes, dont un maréchal des logis, se réjouissaient pour la gendarmerie du bonheur échu à leur collègue, et ils sollicitaient un secours pécuniaire dont ils avaient le plus grand besoin en raison de leur nombreuse famille et de la modestie de leur solde.

Nous nous décidons à donner une des dix-huit lettres lues par le destinataire, à cause de sa brièveté. La voici :

« Monsieur,

« Accablé de malheurs aussi grands qu'immérités, j'étais décidé à en finir avec l'existence lorsque les journaux m'ont appris l'héritage considérable que vous venez de faire. Ç'a été comme un rayon libérateur pénétrant dans le cachot du condamné à mort. J'ai pensé que vous ne voudriez pas me laisser commettre un crime ; car le suicide est un crime, je le sais, je le crois, ayant été élevé chrétiennement. Ce n'est pas au néant que j'irai, c'est à l'enfer, si avant dimanche prochain vous ne m'avez pas fait tenir vingt mille francs à cette adresse :

« JOSEPH BORDIER,

« rue des Maçons, 19, Paris. »

Deux lettres parurent à l'héritier mériter son attention : l'une venait d'un curé de campagne dont l'église, menaçant ruine, avait été interdite par le préfet et l'évêque ; l'autre avait été écrite par un élève de seconde dont les parents, subitement ruinés, ne pouvaient plus payer la pension au collège. Le pauvre jeune homme suppliait le nouveau millionnaire de lui venir en aide. La lettre était accompagnée de notes du proviseur attestant qu'Évariste Jaumont tenait depuis trois ans la tête de sa classe et montrait autant de sagesse que de talent.

Le curé et l'écolier eussent certainement reçu une prompte et favorable réponse sous forme de lettre chargée, si l'ex-gendarme eût été en fonds ; malheureusement il ne possédait en caisse que cinquante-sept francs, et cette somme lui était indispensable pour gagner l'échéance de son mandat trimestriel, échéance distante d'un mois.

V

L'averse de correspondances ne faisait que commencer. Vingt-huit lettres furent apportées le lendemain. Il y en avait de la France, de l'Allemagne, de l'Angleterre et de la Belgique.

« Ils veulent donc me rendre fou ! s'écria le malheureux millionnaire.

— Il est certain, monsieur de Jollivert, dit le facteur, qu'un secrétaire vous est indispensable. Quoique simple facteur rural, j'ai une bonne écriture, de l'orthographe et même quelque style (du style épistolaire particulièrement). Je m'offre pour l'emploi. Vous fixerez vous-même les appointements, je m'en rapporte à votre générosité.

— Laissez-moi tranquille ! » répondit assez brusquement l'héritier, qui jeta, tout découragé, les vingt-huit lettres sur sa table.

Une d'elles le frappa. Elle n'était pas affranchie. Il fallait que celui qui l'envoyait fût bien pauvre pour n'avoir pas pu faire la dépense d'un timbre-poste de quinze centimes. Cette circonstance décida l'ex-gendarme à commencer sa lecture par cette pièce. Il lut :

« Monsieur Jollivert,

« Vous avez peut-être oublié Jean Pommier, de la commune de Saint-Martinet-les-Étangs. Permettez-moi, dans ce cas, de vous rafraîchir la mémoire. Rappelez-vous que, le 17 décembre 1877, vous fûtes envoyé à Saint-Martinet pour prendre livraison d'un pauvre homme qui avait cédé à la tentation de pénétrer, la nuit, avec escalade et effraction, dans un logis qu'il croyait inhabité, et où il espérait trouver quelque argent. Il y rencontra une vieille femme qui se mit à crier comme si on l'écorchait vive. Vingt voisins accoururent ; le pauvre Jean Pommier fut saisi, lié, et, faute de violon, enfermé dans un toit à porcs. C'est là que vous vîntes le cueillir.

« Il faisait, vous devez vous en souvenir, un froid terrible. Aussi étiez-vous venu à pied ; et c'est également à pied que nous fîmes ensemble le trajet de Saint-Martinet à Tiversac, le chef-lieu du canton.

Je n'oublierai jamais qu'après m'avoir mis les poucettes, vous eûtes la bonté de les retirer, rapport au froid qu'il faisait. Il est vrai que je ne pouvais guère fuir, si l'idée m'en était venue, rapport à vos bonnes jambes et à votre revolver. Malgré cela je fus sensible à votre politesse et au plaisir de pouvoir mettre mes mains dans mes poches, au lieu de les avoir exposées à la bise.

« J'ai gardé aussi le meilleur souvenir de la morale que vous me fîtes tout le long de la route.

« — Vois-tu, mon garçon, me disiez-vous, ton affaire est limpide comme l'eau de roche. Tu en auras pour cinq ans ; le jury le plus modeste ne peut pas t'en donner moins. En te conduisant bien à la centrale, ta peine sera diminuée de dix-huit mois, deux ans peut-être. Dans trois ans tu seras donc rendu à ta famille et à la société. Je te conseille de profiter de la leçon pour te conduire en honnête homme. C'est difficile à un libéré; mais ce n'est pas impossible, si tu en demandes la grâce à Dieu. »

« Il en fut comme vous l'aviez dit. Après avoir été condamné à cinq ans, je fus mis en liberté au bout de trois années. Je me conduisis honnêtement, j'ose le dire. J'ai eu du mal, allez ! Sans M. le curé et quatre ou cinq dames charitables qui s'intéressèrent à moi, je serais mort de faim, faute de travail. Malheureusement le curé mourut, les dames charitables aussi. J'ai soixante-quatre ans aujourd'hui, et j'ai gagné dans la prison des rhumatismes qui me font cruellement souffrir et m'empêchent de gagner ma vie.

« J'ai essayé d'entrer à l'hospice ; il n'y a pas de place, et d'ailleurs je ne suis pas assez malade. L'idée m'est venue alors de faire une petite visite nocturne à un riche bourgeois de mon voisinage qui passe pour être cousu d'or et avoir un sommeil de plomb. Ou bien je réussirai, et alors... »

Jollivert en était là de son intéressante lecture, lorsque ses oreilles furent frappées par un bruit inaccoutumé. Il se leva et alla à la croisée, qu'il ouvrit.

On dirait, pensa-t-il, la fanfare de Saint-Juvisien.

Le bruit devint plus distinct. C'était bien la fanfare de Saint-Juvisien, qui jouait la *Marseillaise;* il l'aurait reconnue entre vingt autres fanfares, au son éclatant de ses cuivres et de ses notes fausses.

Où pouvaient aller les « fanfarons » ? ainsi qu'on disait à Saint-Juvisien. Il n'y avait ce jour-là, à sa connaissance, dans tout le canton, ni comice agricole, ni fête patronale, ni distribution de prix réclamant ces flots d'harmonie officielle ; car la fanfare dépendait de la municipalité, qui la subventionnait à la condition qu'elle ne jouerait ni à l'église ni à la procession.

Peu à peu le bruit de la fanfare s'éteignit dans le lointain.

Je vois ce que c'est, pensa l'ancien gendarme ; les fanfarons auront fait une promenade militaire, et ils s'en retournent maintenant à Saint-Juvisien.

Il reprit la lecture de la lettre de Jean Pommier.

« L'idée m'est venue de faire une petite visite nocturne à un vieux et riche bourgeois de mon voisinage, qui passe pour être cousu d'or et avoir un sommeil de plomb. Ou bien je réussirai, et mes dernières années sont assurées ; ou bien je serai pincé, et j'aurai dans la prison du pain et un abri. Qu'il est difficile, monsieur Jollivert, d'être en même temps pauvre et honnête ! Je vous assure que j'avais du goût pour la vertu, et que si j'avais eu seulement dix-huit cents francs de rente, je n'aurais jamais eu rien à démêler avec la justice. Pourquoi ne me les feriez-vous pas, ces dix-huit cents francs ? Tout le monde dit que vous venez d'hériter de soixante millions. »

« Canaille ! propre à rien ! grommela Jollivert ; en voilà du cynisme ! J'aurais soixante milliards, au lieu d'espérer quarante-cinq millions, que je ne te donnerais pas un sou. »

Un vacarme de cuivres, suivi d'un bruit plus sourd, se fit soudain entendre. L'ex-gendarme retourna à sa croisée, et grande fut sa stupéfaction en contemplant deux ou trois cents personnes réunies autour de sa maison. En tête était la fanfare, et en tête de la fanfare le maire de Saint-Juvisien, se tenant debout, ceint de son écharpe, et escorté de ses seize conseillers municipaux, vêtus de leurs habits de fête.

Il fallut descendre et ouvrir la porte. A peine était-il sur le seuil, que le maire déploya un papier et en commença la lecture à haute et intelligible voix. Voici la pièce :

« Monsieur de Jollivert,

« Quoi qu'aient chanté les poètes, et malgré les descriptions des peintres et des sculpteurs, la Fortune n'est pas aussi aveugle et aussi capricieuse qu'on le prétend ; elle place parfois parfaitement ses faveurs. Vous en êtes la preuve vivante. Avec quelle joie la commune de Saint-Juvisien a appris la nouvelle de l'opulent héritage qui vous est échu !

« Quoi que vous ne soyez pas né dans nos murs, vous avez assez vécu au milieu de nous pour que nous ayons pu apprécier la noblesse de vos sentiments, la délicatesse de votre commerce, la sûreté de vos relations, la simplicité de vos mœurs et l'aménité de votre caractère.

« Encore une fois, la Fortune a bien placé ses faveurs.

« Permettez-moi, monsieur de Jollivert, en ma qualité de premier magistrat de Saint-Juvision, d'appeler sur cette intéressante commune votre bienveillante attention.

« Vous n'ignorez pas quelles sont nos charges et nos besoins. Nous ployons sous le fardeau des centimes additionnels. Notre gendarmerie, notre église, notre hôtel de ville, nos trois écoles, ont besoin de réparations aussi importantes qu'urgentes. Il y a longtemps, si nos ressources nous l'avaient permis, que nous nous serions donné une halle, un lavoir couvert et une fontaine décente, sinon monumentale.

« Serait-il indiscret de vous demander de venir à notre secours ?

« Quel meilleur usage pourriez-vous faire de votre immense fortune ?

« Vous êtes trop bon chrétien pour ignorer les louanges et les bénédictions décernées par le Christ aux bienfaiteurs des humbles et des petits.

« Quoi qu'il en soit, nous vous prions de venir habiter au milieu de nous. Le logis que vous occupez n'est ni assez convenable ni assez sûr, permettez-nous de vous le dire respectueusement.

« Vive M. de Jollivert ! »

Et trois cents voix d'hommes, de femmes et d'enfants répétèrent :

« Vive M. de Jollivert ! »

Après quoi la fanfare joua le plus brillant morceau de son répertoire.

Si l'ex-gendarme avait suivi ce premier mouvement, qui est toujours le plus sincère, sinon le plus habile, il aurait répondu qu'on lui découvrait bien des qualités depuis qu'on le croyait riche. Noblesse de sentiment, délicatesse de conscience, sûreté de relations, simplicité de mœurs, aménité de caractère, tout cela dépassait de beaucoup l'estime banale qu'on lui avait témoignée jusqu'à ce jour. Mais, si franc et si simple qu'il soit, un homme est obligé à des ménagements à l'égard de gens qui lui font une ovation. Taisant donc ce qu'il pensait, le bon Jollivert s'exprima de la sorte :

« Merci, monsieur le maire ; merci, messieurs les conseillers municipaux ; et vous aussi, Mesdames et Messieurs de Saint-Juvisien, merci pour votre visite et pour les choses si flatteuses, trop flatteuses, que vous venez de me dire. Si cette fortune qu'on me promet vient à m'échoir réellement, soyez sûrs que je n'oublierai pas votre commune. Mais, vous savez? il ne faut pas vendre la peau de l'ours avant d'avoir tué la bête. Je me suis promis de ne pas quitter la Gânerie avant d'avoir reçu avis de M. le directeur de la banque de France que les millions annoncés étaient à ma disposition. Permettez-moi jusque-là de tenir la résolution que j'ai prise et de continuer de vivre ici avec ma pension d'ancien gendarme. »

L'assistance, depuis le maire jusqu'au dernier administré, trouva la harangue bien froide. On s'attendait, malgré la simplicité de mœurs de l'héritier, à beaucoup mieux. On aurait voulu qu'il accentuât davantage la promesse de ne pas oublier Saint-Juvisien. Que lui en coûtait-il de parler de la gendarmerie, par exemple, de l'église, de l'hôtel de ville, des écoles, etc. ? Pourquoi s'obstiner à rester dans ce taudis, au lieu de venir demeurer au chef-lieu de la commune? Faut de la modestie, de la modération, de la simplicité; mais pas trop n'en faut.

Ces réflexions, bien entendu, demeurèrent non formulées. M. le maire donna une poignée de main à l'héritier; les conseillers municipaux l'imitèrent; l'assistance suivit; puis la fanfare, faisant demi-tour à droite, reprit, en tête du cortège et en jouant un air joyeux, le chemin de Saint-Juvisien.

« Ouf! s'exclama Jollivert lorsque personne ne put l'entendre; ça devient fatigant à la fin! Et certainement je n'oublierai pas les Saint-Juvisien; mais ils auraient bien pu s'en fier à moi et m'épargner leurs flagorneries. Décidément le monde est plat et vilain. Je crois que mon ancien maréchal des logis de Nîmes avait raison lorsqu'il me disait :

« — Jollivert?

« — Maréchal!

« — Savez-vous quelle est la plus ancienne, la plus répandue, la mieux pratiquée, la plus florissante enfin des religions?

« — C'est le christianisme, maréchal.

« — Non.

« — Le mahométisme.

« — Point du tout. C'est l'idolâtrie et le culte du veau d'or. »

VI

Et les lettres continuaient de pleuvoir. Quoique moins nombreuses, grâce à la précaution qu'il avait prise de dire qu'il vivrait de sa pension de gendarme, les visites ne manquaient pas. Il en reçut quinze en un seul jour. Il prit le parti de fermer sa porte et de faire la sourde oreille. Le pauvre homme était en train de perdre, dans l'opinion, la délicatesse de conscience, la noblesse de sentiment, la simplicité de mœurs, la sûreté de relations, l'aménité de caractère, toutes ces qualités solides et charmantes que M. le maire de Saint-Juvisien lui attribuait naguère. Les uns le qualifiaient d'avare; les autres, d'idiot. Tous, contre l'avis du maire, déclarèrent que la fortune était plus aveugle et plus capricieuse que jamais puisqu'elle avait accordé ses faveurs à ce Ramollot de la gendarmerie.

Pas si Ramollot que cela, témoin la lettre qu'il écrivait à sa sœur :

« Chère bien-aimée,

« Laisse-moi te donner un bon conseil. Cache, comme tu l'as fait jusque-là, que, selon toutes les probabilités, tu vas toucher prochainement vingt-deux millions cinq cent mille francs. Autrement, c'en serait fait de ton repos. La clôture même de ton couvent ne te protégerait pas, et tu serais obligée de demander une dispense à notre saint-père le pape pour recevoir les lettres et les visites. Oh ! les lettres ! je viens de faire le total de celles que j'ai reçues en trois semaines. Il s'élève au chiffre respectable de cinq cent vingt-huit. On parle d'adjoindre un auxiliaire au facteur qui dessert la Gânerie. Les visites, elles n'ont été que de deux cent cinquante. J'aurais distribué déjà plus de six millions, si j'avais fait droit aux demandes formulées.

« Puisque tu es en correspondance avec M. Dumont, le représentant de l'agence Caillard et Cie, presse-le d'en finir. Ma situation n'est plus tenable. On est venu frapper trois fois à ma porte la nuit dernière. Je n'ai pas répondu ; mais mon sommeil en a été fort dérangé.

« Tu me diras qu'il ne tient qu'à moi d'éviter les solliciteurs, en quittant la Gânerie. Ce n'est pas si sûr. Ils sont capables de me suivre partout et de découvrir ma retraite la plus lontaine et la plus cachée.

« D'ailleurs, fuir serait une lâcheté indigne d'un ancien militaire. Je me suis promis de rester ici jusqu'à la conclusion officielle, et je me tiendrai parole, quoi qu'il arrive, envers et contre tous.

« Que je te raconte deux visites qui m'ont été faites tout récemment, et qui méritent d'être distinguées dans la foule des autres :

« Il y a trois jours, je vois arriver, en voiture à deux chevaux, un monsieur jeune et très correctement mis. Je donnais en ce moment à manger à mes poules dans la petite cour qui précède ma maison ; pas moyen, par conséquent, d'esquiver la visite. Le monsieur me suit dans ma chambre, et là me dit qu'il était rédacteur du *Figaro* et qu'il était venu pour m'*interviewer*. Quoique tu ne lises pas les journaux, chère bien-aimée, tu n'ignores pas sans doute qu'interviewer signifie interroger, prendre des renseignements. De plus grands personnages que moi se sont laissé interwiever. C'est presque un droit acquis aux rédacteurs des journaux, des grands journaux du moins. Je m'inclinai donc et dis que j'étais prêt à répondre.

« Je vois arriver un monsieur jeune et très correctement mis. »

« L'interrogatoire commença, sans plus de préambule :

« — Vous vous appelez monsieur Guillaume de Jollivert ; vous avez été dans la gendarmerie ; vous avez soixante-cinq ans ?

« — Oui, Monsieur.

« — Vous avez hérité de soixante millions de francs d'un grand oncle, décédé centenaire à New-York ?

« — Je le crois, mais je n'en suis pas absolument certain. En tout cas, je n'ai pas touché un centime de cet héritage, qui, pour des raisons inutiles à raconter, ne sera que de quarante-cinq millions.

« — Je les connais, ces raisons. L'agence Caillard et Cie vous a pris quinze millions pour vous annoncer la nouvelle de l'héritage et vous remettre la copie du testament et les autres pièces constatant vos droits.

« — En effet, Monsieur.

« — Vous assurez que l'héritage ne vous a encore rien valu ? »

« J'ai été sur le point de répondre qu'il m'avait valu des ennuis considérables ; mais je me suis abstenu. Il faut être poli lorsqu'on a consenti à se laisser interviewer.

« — On dit que vous voulez partager avec une de vos sœurs, une femme de grand mérite, qui est religieuse. »

« Grand mérite m'alla au cœur, je répondis cependant :

« — Permettez-moi, Monsieur, de me taire sur ce sujet. »

« J'ai gardé le silence uniquement pour ne pas attirer sur toi et sur ton couvent l'averse de lettres et la nuée de visiteurs qui m'importunent si fort.

« — Est-il vrai que vous soyez accablé de lettres et de solliciteurs?

« — Ce n'est que trop vrai pour mon repos.

« — Vous allez évidemment consacrer à des œuvres de bienfaisance une partie de cet opulent héritage ?

« — C'est, en effet, mon intention.

« — Elle vous fait honneur, monsieur de Jollivert. Agréez mes félicitations les plus respectueuses et les plus sincères. Permettez-moi aussi de vous faire tenir un exemplaire du journal où sera relaté notre entretien ; car vous n'êtes pas encore abonné au *Figaro*, sans doute. »

« Là-dessus, le reporter me salua très bas et sortit.

« Deux jours après, je reçus le journal. Notre dialogue y était revu, corrigé et considérablement augmenté. On m'y prêtait non seulement les plus nobles sentiments, mais des qualités éminentes et des projets grandioses. Je n'ai pas réclamé. A quoi bon ? Par exemple, qu'on n'y revienne pas : je ne me laisserai plus interviewer par personne.

« L'autre visite eut lieu avant-hier dimanche, à Saint-Juvisien, au sortir de l'église, où j'étais allé entendre la messe. Pauvre messe ! elle était autrefois ma consolation. Aujourd'hui c'est presque une corvée, tant sont nombreux les badauds venus de dix lieues à la ronde à Saint-Juvisien pour voir l'homme aux soixante millions.

« Je sortais donc de l'église, lorsque je fus abordé par un monsieur étranger au pays, qui avait entendu la messe à quelques pas de moi.

« — Monsieur de Jollivert ? dit-il.

« — Lui-même, Monsieur.

« — Je suis heureux de vous rencontrer. Je serais allé chez vous si je n'avais craint d'être pris pour un des quémandeurs qui vous assiègent, assure-t-on. Vous rappelez-vous M. Livois ?

« — Parfaitement. C'était le colonel de la légion de gendarmerie de Nîmes, lorsque j'y servais. Il vit encore ?

« — Oui, quoiqu'il touche à la quatre-vingtième année. Les journaux lui ont fait connaître l'héritage qui vous arrive, et il s'en est réjoui. C'est mon voisin de campagne, et, en apprenant que j'avais affaire aux environs de Saint-Juvisien, il m'a prié de pousser jusqu'à vous.

« — C'est bien aimable de sa part.

« — Il a des remords à votre endroit.

« — En vérité !

« — Oui. Il dit qu'il aurait dû vous faire nommer chevalier de la Légion d'honneur. Vous aviez droit à cette distinction pour vos bons et loyaux services de trente-deux ans, soit dans l'armée, soit dans la gendarmerie. Seulement il paraît que vous étiez sans ambition ; que vous ne vous aidiez pas du tout ; que vous ne demandiez qu'à être oublié. Naturellement, vous avez été servi selon vos souhaits.

« — C'est un petit malheur.

« — Vous êtes toujours trop modeste. J'ai des amis au ministère de la guerre, et il ne me serait pas très difficile de vous obtenir la croix.

« — Je vous remercie, Monsieur ; c'est trop tard.

« — Mieux vaut tard que jamais.

« — Encore une fois, merci.

« — Et pourquoi refuseriez-vous la croix, à laquelle vous avez des droits incontestables ?

« — Parce que j'aurais peur qu'on crût que je l'ai achetée.

« — La croix n'est pas à vendre.

« — Elle ne devrait pas l'être, au moins.

« — Sérieusement, vous ne voulez pas que je m'emploie à vous faire rendre justice ?

« — Je m'y oppose formellement.

« — Vous êtes un peu naïf, permettez-moi de vous le dire. »

« J'avais envie de répondre :

« — Et vous beaucoup trop intrigant ; » mais je me suis contenté de hausser les épaules et de reprendre le chemin de la Gânerie.

« Si j'avais écouté ce monsieur, il allait me proposer quelque marché honteux. Pour cinquante ou soixante mille francs j'étais décoré. Pouah !

« Le bruit s'est répandu que le monsieur étranger

au pays, avec lequel j'ai eu un long entretien au sortir de l'église, dans l'allée des Platanes, était un représentant de la banque de France, qui était venu m'avertir que les millions étaient enfin à ma disposition. Cette fausse nouvelle m'a valu hier cinquante visiteurs. Je les ai comptés derrière mes vitres, car je n'ai ouvert à personne. Il faut que cela finisse promptement, d'une façon ou d'une autre.

« Quoi qu'en ait dit le maire de Saint-Juvisien, je crois que la fortune s'est trompée en m'envoyant cet héritage. L'idée m'est venue de te le transférer tout entier, par une bonne dotation entre vifs, en ne me réservant qu'une rente de trois mille francs. Aidée au besoin de tes supérieurs ecclésiastiques, tu ferais un emploi plus judicieux que je ne saurais le faire de ces richesses ; et je serais bien débarrassé. Nous en recauserons. A bientôt ! si la nouvelle officielle ne m'arrive pas d'ici à deux ou trois semaines, j'emprunte deux cents francs à M. le curé de Saint-Juvisien, et je vais frapper à la porte de ton couvent. Encore une fois, à bientôt !

« Ton frère qui t'aime. »

« Le facteur à qui je dois remettre cette longue lettre est en retard. J'en profite pour te dire la réflexion que je fais. Sais-tu à qui je ressemble ? A l'âne chargé de reliques dont parle la fable. Ce sont les reliques, je veux dire les millions, dont je suis chargé, qui me valent toutes ces génuflexions. On dit que la terre est ronde ; je trouve, moi, que le monde est plat. »

VII

Quoiqu'on fût encore en hiver, au dire du calendrier, la journée était presque printanière : un vent tiède soufflait doucement à travers les branches des arbres, qui commençaient à bourgeonner ; quelques oiseaux préludaient déjà aux concerts dont ils allaient bientôt remplir la campagne. Une de nos connaissances, l'honorable représentant de l'agence Caillard et Cie, venait d'arriver à Saint-Juvisien et était descendu à l'hôtel de la Croix-Blanche.

Il fut reçu avec empressement par l'hôtelier Brinois, qui lui dit en riant :

« Il fait moins froid que la dernière fois que vous vîntes, hein ?

— Et ce n'est pas malheureux. Donnez-moi des nouvelles de la Gânerie. M. de Jollivert va toujours bien, n'est-ce pas ?

— Hum ! je trouve qu'il a vieilli et maigri. C'est bien la peine d'hériter de soixante millions pour vieillir et maigrir. Je vous réponds que j'aurais trouvé moyen, moi, de rajeunir et d'engraisser. Enfin, chacun son tempérament. M. de Jollivert sera plus gai sans doute lorsqu'il tiendra son argent. Savez-vous ce que je pense? Eh bien ! vous êtes venu le lui apporter. Quand je dis le lui apporter, je veux dire lui apprendre où il pourra le toucher. Vous savez que nous comptons sur cinq cent mille francs ? M. de Jollivert ne peut pas faire moins pour une commune où il a habité huit ans et où il est honoré et aimé de tout le monde. Je ne serais pas surpris, s'il fait bien les choses, qu'on lui élevât une statue sur une de nos places après sa mort, et même de son vivant. Au fait, pourquoi pas ? il y a des gens qui ont des statues et qui ne les ont pas aussi bien méritées. N'est-ce pas, monsieur Dumont ?

— Certainement, monsieur l'hôtelier. »

M. Brinois avait deviné juste. Dumont était porteur de cette fameuse lettre du directeur de la banque de France, sans laquelle M. de Jollivert estimait que rien n'était certain ni définitif. Dans le même portefeuille était une lettre de sœur Saint-Marc. La religieuse écrivait à son frère qu'elle avait obtenu de ses supérieurs l'autorisation de se rendre à Paris et d'y rester le temps nécessaire au règlement de la succession que M. de Jollivert voudrait bien partager avec elle. Elle l'attendait à l'hôtel de Belgique, où elle lui avait retenu un appartement contigu au sien. Il devait monter dans la voiture de M. Dumont, et, sans s'attarder ni à Saint-Juvisien ni ailleurs, aller prendre à la gare la plus voisine le train express pour Paris.

Le représentant de l'agence avait tout calculé et combiné pour l'exécution de ce programme. Le train express ne partant que le lendemain, à une heure après-midi, il avait résolu d'aller coucher à la Gânerie. On déjeunerait le lendemain vers dix heures, et on partirait pour la gare, en évitant Saint-Juvisien. M. Dumont redoutait quelque ovation plus ou moins désintéressée, qui aurait gêné et peut-être retardé le départ.

Le temps passé à la Gânerie devait être employé, par le représentant, à poser les premières pierres d'un projet dans lequel entrait sœur Saint-Marc. L'héritier avait un besoin impérieux d'un intendant pour gérer la grosse fortune remise à son inexpérience, — pourquoi ne pas ajouter : et à son insouciance? M. Dumont s'offrait pour cet emploi, et nous nous hâtons de dire qu'il le méritait par son habileté et sa probité. On causerait de tout cela longuement à la Gânerie avant d'aller se coucher, on reprendrait l'entretien le lendemain. Après quoi il faudrait bien déjeuner comme des gens dont ce sera le principal, pour ne pas dire l'unique repas sérieux de la journée. Sans être gourmand ni gourmet, Dumont avait gardé de la cuisine de l'ancien gendarme un souvenir sans charme. Aussi avait-il dans les coffres de sa voiture les éléments solides et liquides d'un excellent déjeuner. Le cocher, espèce de maître Jacques qui s'entendait à tout, devait mettre la main à la poêle et à la broche. Il convenait de célébrer par quelques verres de bourgogne, de bordeaux et de champagne, l'entrée en possession réelle de l'héritage. M. Dumont voyait déjà l'ancien gendarme répondre le verre en main par un toast au toast qu'il lui porterait. Bref, il était dans cet état où les teintes austères et lugubres de la vie disparaissent, et où le présent et l'avenir, sinon le passé, apparaissent sous un joug riant et gai.

A moitié chemin, M. Dumont rencontra le facteur rural, ce facteur rural dont le lecteur trouvera peut-être qu'il est trop question dans cette histoire. L'agent se douta qu'il venait de la Gânerie et lui demanda si M. de Jollivert était chez lui.

« Il n'y était pas lorsque je suis arrivé, répondit l'employé de la poste, et j'ai dû déposer son courrier à l'endroit convenu entre nous en cas d'absence. Le pauvre monsieur aura profité de cette belle journée pour prendre un peu l'air et éviter les quémandeurs.

Il y a des gens bien importuns et bien cupides ! Je vous en prie, monsieur Dumont, recommandez à M. de Jollivert de ne pas oublier le facteur. Je ne voudrais pas vanter mes services ; mais vrai ! mon travail a doublé depuis l'héritage.

— Je vous promets une gratification ; seulement laissez-nous le temps de nous reconnaître.

— Merci, Monsieur, merci ! »

Quatre solliciteurs étaient assis dans la cour de la Gânerie lorsque M. Dumont y entra. Eux aussi dirent que M. de Jollivert était absent et qu'ils l'attendaient depuis plusieurs heures. L'agent se débarrassa de ces pauvres gens avec quelques pièces de monnaie blanche, après quoi il frappa hardiment à la porte du logis ; rien ne répondit à cet appel plusieurs fois réitéré et accompagné d'interpellations énergiques de M. Dumont et de son cocher.

Il n'y avait plus qu'à attendre que M. de Jollivert rentrât de cette promenade exceptionnellement longue.

A la nuit tombante, l'agent se demanda sérieusement si l'héritier n'était pas parti pour Paris. Rien n'était plus vraisemblable. Ne disait-il pas, dans la dernière lettre adressée à sa sœur, que si la solution tardait, il emprunterait deux cents francs à M. le curé de Saint-Juvisien et se mettrait en route ? Or la solution s'était fait attendre un peu au delà de l'époque que l'ex-gendarme s'était fixée.

Pendant que M. Dumont se livrait à ces réflexions, le cocher était allé rendre visite à ses chevaux, remisés sous un appentis ; il vint dire à son voyageur qu'une croisée donnant sur le derrière de la maison était ouverte. Rien n'était plus facile que de pénétrer dans le logis à l'aide d'une échelle qui se trouvait dans la cour. On serait à l'abri et on pourrait attendre, auprès du feu, le retour de M. de Jollivert. Cette journée printanière commençait, à son déclin, à devenir diantrement fraîche, pour ne pas dire froide.

« Soit, répondit M. Dumont, appliquez l'échelle à la croisée, montez et descendez m'ouvrir la porte d'entrée, si c'est possible. »

Le cocher ne se fit pas répéter l'ordre. Quelques minutes plus tard, il ouvrait à M. Dumont et ils pénétrèrent ensemble dans la pièce du rez-de-chaussée servant de cuisine et de salle à manger ; tout y était dans le plus grand désordre. L'armoire était ouverte à deux battants. Les tiroirs d'une vieille commode étaient béants et laissaient voir du linge et des vêtements froissés et bouleversés.

Cet aspect des lieux confirma l'agent dans sa pensée : M. de Jollivert avait fait rapidement un paquet des objets les plus essentiels, et était parti sans se mettre en peine du désordre qu'il laissait derrière lui. Outre qu'elles étaient assez dans son caractère, cette négligence et cette insouciance s'expliquaient de la part d'un homme qui s'en allait toucher quarante-cinq millions.

La chambre à coucher, située à l'étage supérieur, devait sans doute présenter le même aspect. Ils y montèrent et... reculèrent d'horreur.

A quelques pas du lit, sur le plancher, au milieu d'une mare de sang à demi coagulé, M. de Jollivert était étendu, presque nu et la tête fracassée.

Surmontant sa douleur sincère et l'émotion inséparable d'un pareil spectacle, l'agent se pencha sur le cadavre et constata de prime abord à l'os temporal deux trous faits par un revolver de fort calibre. La mort avait dû être instantanée ; elle devait remonter à quatorze ou quinze heures, c'est-à-dire un peu après le milieu de la nuit précédente.

« Attelez votre voiture, dit M. Dumont au cocher,

et allez à Saint-Juvision avertir le maire, le curé et le médecin. Je reste ici auprès du cadavre. »

Le représentant de l'agence Caillard et Cie fit en trois heures plus de philosophie qu'il n'en avait fait depuis cinquante-trois ans qu'il était au monde.

Héritez donc de soixante millions pour périr misérablement assassiné au moment où vous allez mettre la main dessus !

Ceux qui parlent de la roue de la Fortune ne devraient pas oublier que c'est la Providence qui la fait tourner.

Fallait-il plaindre beaucoup M. de Jollivert ? Honnête et chrétien comme il était, la mort ne l'avait-elle pas délivré de bien des soucis? Quoiqu'il se sentît capable de porter fort allégrement la responsabilité d'une immense fortune, M. Dumont avait assez de conscience pour comprendre que d'autres fussent plus effrayés de ce fardeau. A la suite de ces réflexions, quelques bribes du *Pater* et de l'*Ave* lui revinrent en mémoire, et il les répéta plusieurs fois. Le *De profundis* eût été plus de circonstance. Mais on prie comme on peut et comme on sait lorsqu'on en a perdu l'habitude.

L'instruction aboutit au bout de cinq ou six jours. M. de Jollivert avait été assassiné pendant son sommeil par deux individus faisant partie d'une bande de bohémiens. Ils étaient venus à la Gânerie, persuadés que le millionnaire devait avoir chez lui plus d'argent qu'on ne le disait. Ils ne trouvèrent que vingt francs et du linge en assez bon état.

Condamnés à mort, ils furent exemptés de la peine capitale et envoyés à la Nouvelle-Calédonie.

Sœur Saint-Marc eut l'héritage entier et trouva moyen, avant sa mort, qui arriva cinq ans plus tard, de le dépenser en toutes sortes de bonnes œuvres.

M. Dumont, employé par elle comme régisseur et intendant, fut tellement frappé et édifié de ses vertus, qu'il recouvra la foi et devint sérieusement chrétien. Ce bénéfice était préférable à la fortune que lui valurent les services rendus au frère et à la sœur.

LE PARAPLUIE DE TANTE SUZON

Les lieux ont, comme les personnes, leur destinée. Il y en a dont la fortune surpasse le mérite. De ce nombre est : — mettons Chirac, — pour ne pas nous faire d'ennemis. Chirac n'a rien d'une sous-préfecture : ni la population, ni le commerce, ni la richesse, ni l'ancienneté d'origine et ces souvenirs historiques qui peuvent anoblir un lieu et justifier la faveur de l'État. Même la situation topographique fait défaut, puisque Chirac, au lieu d'être à peu près au centre de l'arrondissement, se trouve à l'une de ses extrémités. Une bourgade insignifiante, en somme, à peine digne du titre de canton, et comme on en compte des dizaines dans les départements les plus petits et les plus pauvres.

Voici comment on raconte l'élévation de Chirac à la dignité de sous-préfecture. A l'époque où les anciennes provinces de la France furent dépouillées de leurs noms, et démembrées, et morcelées pour former les divisions administratives qui existent encore de nos jours, deux villes situées non loin de Chirac sollicitèrent l'honneur de servir de résidence au sous-préfet. Elles avaient des droits égaux soutenus par des influences de puissance égale. De là grand embarras pour le ministre. Après un assez long débat, ne voulant pas faire de jaloux, il choisit Chirac, qui ne s'attendait pas à une pareille distinction. Il y eut des plaintes, des réclamations, des criailleries, des railleries; le nouveau chef-lieu d'arrondissement fut chansonné par les habitants des deux villes évincées; mais ce qui avait été fait resta fait, et la sous-préfecture de Chirac entra dans l'histoire et dans la géographie.

Par une singularité rare sinon unique, au lieu d'être dans l'enceinte et les murs de Chirac, la demeure du sous-préfet en est éloignée de plus d'un kilomètre (exactement douze cent dix-sept mètres quarante-quatre centimètres). A cette distance, sur une colline de moyenne hauteur, s'élève un vaste et solide château construit sous Louis XIV et acheté pendant la Révolution, comme bien d'émigré, et pour une poignée d'assignats par un bourgeois de Chirac. Cet honnête sans-culotte ne jouit pas longtemps de cette résidence seigneuriale, puisqu'il passa de vie à trépas trois mois après y avoir transporté ses pénates. Soit inquiétude de conscience, soit générosité, il légua par testament à sa commune le château, et la commune, devenue chef-lieu d'arrondissement, y logea son sous-préfet.

Il est plus facile en France d'exiler une dynastie que de changer la résidence d'un sous-préfet. La preuve en est qu'en 1877, date où commence cette véridique histoire, le château de Chirac servait encore de sous-préfecture. Les oppositions n'avaient pourtant pas manqué. Que de fois les conseillers municipaux chiracquois avaient délibéré, sans conclure, sur cette question vitale ! Les différents sous-préfets qui s'étaient succédé à Chirac tenaient, parait-il, à leur logement, où ils étaient, plus que dans les murs de la bourgade, à l'abri des indiscrétions, de l'espionnage, des commérages et des cancans des Chiracquois.

Quoi qu'il en soit, dans les premiers jours de l'année 1877, au rez-de-chaussée d'une des plus humbles maisons de Chirac, trois femmes d'un âge mûr étaient réunies autour d'un maigre feu, s'entretenant de choses importantes, à en juger par la gravité de leurs physionomies.

« Ainsi donc, demanda la plus âgée des interlocutrices à la plus jeune, laquelle pouvait avoir quarante ans, tu dis que le docteur Chabrier t'a recommandé de faire apprendre à ton fils un métier qui ne s'exerçât pas au grand air et ne fût pas fatigant ?

— Oui, et il a même insisté beaucoup, assurant que la santé et la vie même de Georges en dépendaient.

— Pauvre filleul ! il faut suivre l'avis du docteur.

— En effet, dit la troisième interlocutrice ; malheureusement ils sont assez rares les métiers non fatigants et donnant à vivre à ceux qui les pratiquent.

— C'est égal, chère Marguerite, répondit la marraine de Georges Sautour, en cherchant bien on peut en trouver : que dites-vous, par exemple, de celui de tailleur ?

— Hum ! il est plus fatigant qu'il ne paraît. L'enfant a besoin d'exercice, et l'on en prend peu, les jambes croisées et l'aiguille à la main.

— J'avais pensé, dit Mme Sautour, à l'état de perruquier-coiffeur. Le malheur est que Georges ne veut pas en entendre parler.

— Essayons des ciseaux et de l'aiguille, conclut la marraine ; il sera toujours temps d'y renoncer s'ils ne nous réussissent pas. »

Huit jours plus tard, et à la suite de la décision de ce conseil de famille, Georges Sautour entrait en qualité d'apprenti chez Laverine, le principal tailleur de la ville.

Georges Sautour avait perdu, à l'âge de dix ans, son père, un honnête charpentier. Après de bonnes études primaires il venait d'entrer dans sa quinzième année. Très jeune, trop grand pour son âge, tout son extérieur indiquait une santé délicate. Maigre et pâle, il ne manquait pas de distinction avec ses attaches fines, ses grands yeux bleus et ses cheveux blonds formant des boucles naturelles.

Les mœurs, le caractère et le cœur, laissaient peu de choses à désirer. N'oublions pas de dire qu'à quinze ans non révolus, il s'en fallait de plusieurs mois, Georges Sautour était déjà réfléchi et plus avisé que beaucoup de Chiracquois ayant atteint et même dépassé leur majorité. Un type rare enfin d'apprenti tailleur.

Le docteur Chabrier entra dans une de ses grandes colères lorsqu'il fut appelé six mois plus tard auprès du jeune Sautour, qui avait pâli, maigri et grandi follement.

On ne l'avait pas compris. Il y avait un milieu entre le métier de charpentier et celui de tailleur. C'est ce milieu qu'il s'agissait de trouver. L'aiguille n'allait pas mieux à Georges que la hache et la scie. Il lui fallait un exercice modéré ; or à manier l'aiguille, l'exercice n'est pas modéré, il est nul.

« As-tu une jolie écriture? finit-il par dire après quelques instants de réflexion au jeune malade.

— Oui, monsieur le docteur.

— Montre-moi un de tes cahiers. »

La mère Sautour se hâta d'aller prendre dans une des cases du vaisselier un rouleau de papier.

Le docteur le déplia, examina les feuilles et dit :

« Ce n'est pas mal; c'est même très bien. Je parlerai demain à M. le sous-préfet ; il cherche un petit clerc, tu feras bien son affaire. Tu ne gagneras pas gros en commençant ; mais tes appointements augmenteront en proportion des services que tu rendras. Et puis tu seras moins stationnaire que chez ton tailleur. Tu te rendras à la sous-préfecture après ton déjeuner ; tu reviendras dîner chez toi et retourneras à ton bureau. Ces allées et venues te seront salutaires, ou bien je ne connais rien à ton tempérament. »

Le lendemain soir, l'excellent docteur vint tout joyeux apprendre à la mère Sautour que M. le sous-préfet acceptait Georges pour clerc aux appointements de trente francs par mois. La difficulté serait de contenter M. Gilbert, le secrétaire de la sous-préfecture, dont l'humeur était revêche. Il faudrait beaucoup de soumission, de docilité et de patience.

Georges se répandit en actions de grâce et promit de plaire et de complaire en tout à M. le secrétaire. Il n'y réussit pas trop mal, puisque deux ans plus tard, c'est-à-dire à dix-sept ans, il gagnait soixante francs par mois. C'était un salaire égal et même supérieur à celui de beaucoup de jeunes ouvriers de Chirac. La santé, — chose essentielle, — s'était améliorée. Le petit clerc avait cessé de grandir, et, s'il n'engraissait pas, sa maigreur était restée stationnaire. On pouvait même trouver, avec un peu de complaisance, que les joues étaient moins pâles et un peu plus pleines...

Ce n'était pas que le pauvre garçon fût sur un lit

de roses. Il avait quatre maîtres et quantité d'occupations différentes, pour ne pas dire inconciliables et incompatibles. Les maîtres étaient M. le sous-préfet, sa mère, sa femme et le secrétaire de la sous-préfecture. Il devait obéir à tous et à chacun de ces personnages. Sans négliger les écritures qui lui étaient confiées, il lui fallait trouver le temps d'accomplir proprement et bien quantité de menues besognes et de commissions.

Le secrétaire surtout l'occupait. Il ne se passait guère un seul jour sans qu'il l'envoyât faire en ville une ou deux courses, qui n'avaient que des rapports assez éloignés avec le travail de plume, pour lequel il était payé.

« Lorsqu'on n'a pas bonne tête, on devrait avoir bonnes jambes, n'est-ce pas, petit ? disait-il.

— En effet, monsieur Gilbert.

— Eh bien ! moi, j'ai la tête et les jambes mauvaises.

— Oh ! que non, monsieur Gilbert.

— Si, j'ai oublié ce matin d'acheter du tabac, et, à l'heure qu'il est, je n'ai pas le courage de descendre en ville.

— N'est-ce que cela ? Donnez-moi votre tabatière, et je reviens tout de suite. »

Et, moins d'une demi-heure plus tard, le secrétaire jouissait avec délices d'avoir sa tabatière pleine de tabac frais.

Un autre jour c'était son journal, ses lunettes, voire son mouchoir, qu'il avait oublié à la maison, et que le petit clerc allait lui chercher.

Mme Desaubiers, la mère du sous-préfet, ne se gênait pas davantage.

« Georges, disait-elle, par exemple, en entrant dans le bureau où le petit clerc travaillait, est-ce que c'est pressant ce que vous écrivez là ?

— Mais non, Madame, pas très pressant, et je suis à vos ordres.

— Rendez-moi alors le service d'aller arroser mes pauvres fleurs, qui meurent de soif et sèchent sur pied. »

Et pendant une grosse demi-heure Georges jouait de l'arrosoir ; il donnait même un coup de bêche à l'occasion, et lorsque le besoin s'en faisait sentir.

Un autre jour, Mme la sous-préfète le priait d'aller promener sa levrette. Ne fut-il pas, certain samedi soir, rencontré par un clerc de notaire et un clerc d'avoué, portant à l'extrémité de ses doigts et avec précaution je ne sais quelle parure de dame que Mme la sous-préfète attendait avec impatience ? Ces messieurs furent scandalisés et ne se gênèrent pas pour dire, à qui voulut les entendre, que ce petit Sautour ne se respectait pas, et ravalait les fonctions d'homme de plume et d'employé de la sous-préfecture.

Nous mentirions si nous ne disions pas que l'adolescent fut un peu froissé, mais sa naissante philosophie ne tarda pas à prendre le dessus. Il n'y a pas de sots métiers, pensait-il avec le proverbe, il n'y a que de sottes gens. M. le sous-préfet, son maître, entendait donner toutes ses commissions et les voyait exécuter sans rien objecter ; il ne lui déplaisait donc pas qu'il s'en chargeât. Qu'était-il après tout ? le fils d'un charpentier et d'une couturière, qui avait été apprenti tailleur. Que de domestiques étaient aussi bien nés, aussi bien élevés et aussi lettrés que lui ! En définitive, ce sont les sentiments qui font la dignité d'un homme, et cette dignité ne saurait être atteinte par les occupations auxquelles il est condamné, si ces occupations sont honnêtes.

Le plaisir de porter à sa mère, à la fin de chaque

mois, soixante francs, aurait au besoin achevé de le consoler. Mme Sautour n'avait plus ses yeux d'autrefois ; il lui était très difficile de prolonger son travail bien avant dans la nuit; le traitement de son fils non seulement chassait la gêne de la maison, mais contribuait à y entretenir une honnête aisance.

Son bon caractère, sa complaisance, avaient gagné au petit clerc l'amitié de tous les gens du château, et cette amitié était mêlée d'estime et de considération. Il ne tarda pas à en avoir la preuve.

Un soir d'été, qu'il s'était attardé dans les bureaux pour terminer un travail que les courses des jours précédents avaient par trop interrompu, il lui sembla qu'on prononçait son nom dans le jardin situé sous la fenêtre ouverte de la pièce dans laquelle il écrivait. Il lui suffit de rester à sa place pour entendre la conversation presque tout entière.

La mère de M. le sous-préfet rappelait à son fils qu'il était temps de songer au dîner annuel qu'il donnait aux fonctionnaires de la ville. Elle ajoutait qu'à son avis il fallait un peu étendre les invitations. Pourquoi, par exemple, ne pas inviter Georges?

« Vous avez raison, maman, dit la femme du sous-préfet : ce jeune homme nous est tout dévoué; il mérite cette distinction.

— Je crains qu'il ne soit un peu gêné à notre table, dit le sous-préfet.

— Point du tout, répondit la mère; il est aussi bien élevé que plusieurs de tes convives.

— Mais, maman, il lui faudra faire quelques frais de toilette, et je lui donne des appointements si faibles !

— Son costume des grandes fêtes est très suffisant; je me charge de le lui donner à entendre.

— Puisque vous le voulez, j'inviterai Georges. Je suis d'ailleurs de votre avis ; il mérite cette distinction. Par exemple, c'est mon secrétaire qui va faire une tête !

— Cette tête nous amusera, » répondit la sous-préfète.

On devine si le cœur de Sautour battait pendant que sa respectabilité était discutée de la sorte. De crainte d'un changement d'avis, il ne dit rien à sa mère. Ce ne fut qu'après avoir entendu l'invitation de la bouche de M. le sous-préfet qu'il en porta la nouvelle au logis ; Mme Sautour en pleura de bonheur et de fierté.

Le secrétaire, lui, n'en revenait pas de sa surprise ; néanmoins il n'alla pas jusqu'à un mécontentement trop profond. Lui aussi avait été séduit jusqu'à un certain degré par la modestie et la complaisance de son aimable auxiliaire. D'ailleurs Gambetta n'avait-il pas annoncé de nouvelles couches sociales ? Ce fils d'un charpentier et d'une couturière de troisième ordre, qui s'asseyait à dix-huit ans à la table du sous-préfet, à côté du secrétaire de la sous-préfecture, c'était la réalisation de la prophétie du grand homme d'État.

Quoi qu'en pensât la mère de M. le sous-préfet, Mme Sautour profita de l'occasion pour acheter à son fils une redingote neuve et rafraîchir son gilet de piqué blanc. Elle voulait que son Georges fît une figure convenable parmi les fonctionnaires et les bourgeois de Chirac.

II

Le 10 juillet 1875, un ouragan d'une violence extraordinaire, et tel qu'on n'en avait pas vu de mémoire d'homme, s'abattit sur Chirac et ses environs. Le vent, les éclairs, le tonnerre, la grêle et la pluie, firent rage. Trois vieilles maisons s'écroulèrent, laissant tout juste le temps de fuir aux pauvres gens qui les habitaient. Le clocher de l'église fut atteint par la foudre, qui ne causa, par bonheur, que des dégâts peu importants. Les rues furent transformées en ruisseaux et en torrents. Des enfants et des femmes s'évanouissaient de frayeur. On assure que des impies avérés et des libres penseurs notoires firent le signe de la croix et se recommandèrent à Dieu.

A dix heures du soir, l'ouragan battait son plein. Or c'était à cette heure que devait avoir lieu, à la sous-préfecture, le diner officiel. Georges Sautour, depuis longtemps habillé de son habit de fête, se demandait s'il était possible par un temps pareil de franchir la distance qui le séparait de la sous-préfecture. En supposant qu'il arrivât sain et sauf, à travers ce déchainement de tous les éléments, il serait trempé jusqu'aux os et couvert de boue, dans l'impossibilité par conséquent de se montrer dans la salle à manger. Et puis n'y serait-il pas seul ou à peu près, les autres invités étant restés chez eux, excusés par ce cas de force majeure ? M. le maire et M. le président du tribunal de Chirac avaient bien, le premier un cabriolet et le second une calèche ; mais oseraient-ils atteler ces véhicules et se mettre en route ? Il était difficile de s'en informer, ces deux fonctionnaires demeurant dans un quartier de la ville éloigné du faubourg qu'habitait Sautour.

Soudain, pareille à un de ces éclairs qui illuminaient si fréquemment les ténèbres opaques de cette soirée orageuse, une idée se présenta à l'esprit de Georges : Pourquoi ne se servirait-il pas du parapluie de tante Suzon ?

Il nous faut ici ouvrir une parenthèse, pour dire aux lecteurs ce qu'étaient tante Suzon et son parapluie.

Tante Suzon était la sœur de la grand'mère maternelle de Georges. Faible d'esprit, maladroite de ses mains, elle avait été, de sa naissance à sa mort, arrivée à quatre-vingt-dix ans, à la charge de sa famille. Avant de passer de vie à trépas, elle institua son petit neveu Georges son légataire universel. L'héritage consistait en quelques hardes, un assez beau chapelet et son parapluie.

Un vrai monument que ce parapluie ! La vieille fille le tenait de sa grand'mère et ne s'en était servi que très rarement, afin de ne pas l'user. Il avait quatre fois au moins l'envergure des parapluies de nos jours. Son étoffe, de forte et belle soie de couleur jaune serin, était soutenue par une monture en baleine et en acier. Le manche, gros comme le bras d'un homme, était de buis sculpté. Le tout pesait douze livres. Un riche amateur avait offert à Georges trente francs de ce parapluie phénoménal et digne de figurer dans un musée d'antiquités. Le petit neveu de tante Suzon avait refusé. Il tenait à cette relique, qui lui rappelait une parente qui l'avait tendrement aimé, et lui avait appris quantité de prières qui ne se trouvaient dans aucun livre, et n'en étaient que plus belles dans leur simplicité naïve.

Impossible de se servir de ce parapluie dans la rue sans provoquer un rassemblement. Georges le garda donc dans un coin de sa chambre.

Il parut à cette heure à l'employé de la sous-préfecture que ce grand et fort parapluie était capable de résister à la tempête et de le garantir des torrents de pluie qui l'eussent inondé en quelques minutes sous un parapluie ordinaire. Restaient les flaques d'eau des rues et de la route; mais, en relevant son pantalon et chaussant des sabots, il pourrait s'en tirer. Les souliers seraient mis chacun dans chacune de ses poches, il les chausserait lorsqu'il serait arrivé à destination.

Le plan à peine conçu, notre héros se hâta de le mettre à exécution. Ce fut au grand effroi de sa mère, de sa marraine et de deux voisines venues chez Mme Sautour pour traverser ensemble cette tempête épouvantable.

« Où veux-tu aller par un temps pareil ? s'écria la mère.

— Oui, où veux-tu aller ? répéta la marraine. C'est tenter le bon Dieu.

— Je veux aller où m'appelle la reconnaissance. C'est beaucoup moins pour dîner que pour secourir M. le sous-préfet et sa famille que je veux me rendre au château. Ils peuvent avoir besoin de mes secours, puisque le château est isolé et qu'ils n'ont avec eux qu'une femme de chambre et un vieux domestique.

— Mais tu seras renversé en route, dit la marraine.

— J'espère que non.

— Tué par la foudre, dit la mère.

— Allons donc ! comme si le tonnerre tombait à tout coup sur les gens ! N'insistez pas ; je ne suis plus un enfant, et je veux essayer d'arriver au château. J'y arriverai, j'en suis sûr. Ne soyez pas surprise de ne me voir pas revenir. Il est à croire que je coucherai au château. »

L'immense et solide parapluie pliait et gémissait sous la rafale.

Puis, sans vouloir rien écouter, il chaussa ses sabots, mit ses souliers dans ses poches, releva jusqu'aux genoux son pantalon, et, saisissant le parapluie à deux mains, franchit la porte de la maison et se lança, à la garde de Dieu, dans les ténèbres du dehors.

Les rues de la petite ville étaient désertes ; toutes les maisons avaient leurs portes et leurs volets hermétiquement fermés. Quoiqu'il fît plein jour, puisqu'on était au mois de juillet et qu'il ne fût pas beaucoup plus de six heures du soir, Georges put promener son parapluie de soie jaune sans provoquer aucune observation ; tout au plus les gens calfeutrés chez eux s'étonnèrent-ils, s'ils entendirent le pas du jeune homme, qu'il y eût quelqu'un d'assez hardi pour s'aventurer dehors par un temps pareil.

L'immense et solide parapluie pliait et gémissait sous la rafale et l'averse. On eût dit la maîtresse voile d'un navire fuyant devant la tourmente. Deux fois le manche de buis faillit être arraché par le vent aux deux mains qui le tenaient. Une autre fois le jeune homme fut sur le point d'être renversé. Il lui fallut la souplesse et la force de ses dix-huit ans pour éviter cette chute, qui eût été désastreuse dans ces flaques d'eau mélangées de vase et de boue. Il mit une heure pour faire les douze cents mètres qui le séparaient de la sous-préfecture, et il n'y serait probablement pas arrivé sain et sauf sans une accalmie de vingt minutes, dont il se hâta de profiter.

A peine Georges fut-il arrivé au château, la tempête souffla avec une nouvelle fureur. Le vaste bâtiment avait sous les combles une douzaine de lucarnes ouvertes pour donner du jour aux greniers. Après s'y être engouffré, le vent pleurait, gémissait, sifflait, hurlait, tonnait de façon à faire croire que les greniers allaient s'effondrer dans les caves. Sans compter que, situé sur une éminence et dépourvu de paratonnerre, ce château, avec ses hautes girouettes, pouvait parfaitement être atteint par un de ces épouvantables coups de tonnerre qui se succédaient avec tant de rapidité.

Les femmes étaient atterées, M. le sous-préfet et son vieux domestique ne l'étaient guère moins. Aussi le jeune arrivant fut-il accueilli par tous avec une joie à peine dissimulée. Seul de seize convives, il avait bravé la tempête. Comme ces dames s'étonnaient de cette hardiesse, il donna délicatement à entendre qu'il n'était pas venu pour dîner, mais pour porter les secours pouvant être nécessaires. Il fut alors complimenté et remercié cordialement.

« Monsieur Georges, dit Mme la sous-préfète, expliquez-nous comment vous avez pu traverser une pareille trombe d'eau sans vous mouiller ; car vous n'êtes pas mouillé du tout, c'est visible ; vos souliers sont aussi nets que si vous veniez de les chausser dans le vestibule.

— J'ai pris des précautions, Madame.

— Il n'y a pas de précautions qui tiennent ; il faut que vous soyez venu dans une voiture fermée. Où sont la voiture et les chevaux ?

— Je vous assure, Madame, qu'il m'a suffi d'un parapluie.

— C'était donc le parapluie de Gargantua ? dit en riant le sous-préfet.

— Non, monsieur le sous-préfet, c'était celui de ma tante Suzon. »

Il fallut finalement aller chercher le parapluie, caché dans un coin de la remise. A la vue du pavillon portatif de soie jaune, ces dames rirent à se tordre ; le sous-préfet leur fit écho, et le jeune Sautour lui-même ne rit guère moins que ceux qu'il égayait.

Vers neuf heures, la tempête s'étant calmée, la faim se fit sentir et on se mit à table. Georges fut traité non comme un humble employé, mais comme un noble caractère et un vaillant cœur. Il fut obligé, malgré ses objections et ses excuses, de coucher au château ; il dut même promettre d'accepter à déjeuner le lendemain, après qu'il serait allé rassurer sa mère. Il profita du dîner pour prier M. le sous-préfet et ces dames, la femme de chambre et le vieux domestique, de tenir son voyage secret. La connaissance, en effet, du voyage eût amené celle du parapluie de tante Suzon et provoqué des plaisanteries ennuyeuses. Le secret fut promis et tenu.

Le secrétaire de la sous-préfecture ne tarda pas à remarquer que son jeune auxiliaire était traité avec une considération nouvelle. Ces dames ne lui demandaient plus d'arroser leurs fleurs, de promener leur levrette, d'aller chez leur modiste chercher les objets de toilette dont elles pouvaient avoir besoin. Il dut suivre ces exemples et éviter d'oublier son tabac, ses lunettes et son mouchoir à la maison. Georges était toujours assez complaisant pour les aller chercher ; mais il aurait eu quelque gêne à lui en donner l'ordre et même à lui en exprimer le désir.

Une preuve de plus de cet avènement des nouvelles couches sociales annoncé par Gambetta.

Vous verrez, pensait le secrétaire, que ce jeune Sautour sera augmenté au premier jour de l'an.

Il ne se trompait pas. Le premier janvier, le sous-préfet annonça à Georges que ses appointements mensuels étaient portés de soixante à soixante et quinze francs. Mme Sautour et son fils purent réaliser quelques économies. Le sous-préfet actuel de Chirac pouvait être changé, il n'était pas sûr que son successeur gardât Georges comme employé. Il était prudent de songer aux jours mauvais, toujours possibles pour une veuve et un orphelin sans autres ressources que leur travail.

Cette simplicité de goûts scandalisa les clercs de notaire, d'avoué, et autres plumitifs de Chirac.

« Ce jeune Sautour, disaient-ils, a eu tort de ne pas rester tailleur : il en avait toute l'étoffe. A-t-on jamais vu un employé de bureau qui ne va jamais au café, qui fréquente l'église tous les dimanches et s'en va, après vêpres, se promener au bras de sa mère, comme une fille élevée par des institutrices congréganistes ! »

Que n'eussent pas dit les égrillards s'ils avaient connu l'existence du parapluie de tante Suzon et l'usage qu'en avait fait l'apprenti tailleur, devenu employé de la sous-préfecture ! Mais le parapluie de soie jaune reposait dans son étui, en attendant que son ingénieux possesseur l'employât en d'autres circonstances.

Un homme content, c'était le docteur Chabrier. En voyant Georges prospérer en santé et en force, il s'applaudissait d'avoir eu l'idée de le faire entrer au service du sous-préfet de Chirac. Ces médecins sont donc bons à autre chose qu'à soigner leurs malades. Ils ont de temps en temps d'assez heureuses inspirations et savent rendre d'autres services que des services médicaux. Pourvu que Georges persévérât et ne se laissât pas gonfler par le succès !... Il y veillerait et ne le laisserait pas sortir de la bonne voie. C'est bien le moins qu'on puisse donner un conseil à celui qui vous est redevable de la situation qu'il voudrait conpromettre.

III

Contrairement aux conteurs qui ont soin d'encadrer les événements qu'ils racontent dans des sites grandioses ou des paysages charmants, la vérité nous oblige à dire que les environs de Chirac sont peu remarquables. Il faut les grâces printanières ou les chaleurs estivales pour leur donner quelque physionomie. De la moitié de l'automne à la fin de l'hiver, ils sont froids et mélancoliques, pour ne pas dire tristes. Le seul charme de cette campagne peu favorisée est le ruisseau qui coule à courte distance des dernières maisons de la petite ville. Il se nomme la Gardelle. Ses deux rives sont plantées d'arbres appelées vergnes dans le pays. Quoique leur port ne brille pas par l'élégance et que leur feuillage soit d'un vert un peu foncé, ils récréent la vue et donnent une ombre agréable. Les uns se penchent sur le ruisseau, les autres se courbent vers la rive; très peu sont droits et sveltes, comme les beaux peupliers clairsemés dans leurs rangs. Les digitales pourprées, les genêts couleur d'or, les glaïeuls et les marguerites des prés croissent en abondance sur les bords presque continuellement plats de cet humble cours d'eau.

La Gardelle nourrit beaucoup d'écrevisses, ce qui attire sur ses bords les pêcheurs, sinon les touristes. Il y a quelques années, il fut question de fabriquer des armoiries aux villes du département qui en étaient dépourvues. Chirac est de ce nombre. Un archéologue ne proposa-t-il pas de lui faire un blason avec une écrevisse posée sur un champ de sinople! La plaisanterie fut trouvée mauvaise, et Chirac resta sans armoiries.

Un an environ après la fameuse tempête, la sœur de Mme la sous-préfète vint passer quelques semaines au château. Elle se nommait Louise Gerbois, était jeune, charmante et bonne. Son beau-frère ayant été obligé de partir pour Paris, sur l'ordre du ministre, ces dames se trouvèrent un peu seules, et ces lourdes journées d'été leur parurent longues.

Certain soir, la mère de M. le sous-préfet entra dans le bureau de Georges. Il se hâta de lui offrir un siège; elle s'assit, et sans plus de préambule :

« Vous connaissez le ruisseau de la Gardelle, n'est-ce pas, monsieur Sautour?

— Parfaitement, Madame, intimement; j'ai failli m'y noyer vers ma dixième année. Que de fois j'ai suivi son cours de la source à l'embouchure et de l'embouchure à la source!

— Est-ce que ce trajet offre beaucoup de difficultés?

— Mais non, Madame; les deux rives sont presque toujours plates et non boisées.

— Alors la promenade doit manquer de pittoresque et de charme.

— Il y en a qui le disent, moi je ne trouve pas; mon plus grand plaisir est de suivre pendant trois ou quatre kilomètres les bords de la Gardelle, un livre ou un filet de pêche à la main.

— Il y a beaucoup d'écrevisses, paraît-il?

— Moins qu'il y a quelques années, à cause des pêcheurs qui viennent pour les prendre de dix lieues à la ronde; mais celui qui connaît les bons endroits peut, en y consacrant quelques heures, faire encore une assez jolie pêche.

— Merci de vos renseignements. Ma belle-fille et sa sœur ont projeté d'aller se promener et pêcher sur les bords de votre ruisseau. Voulez-vous, en l'absence de mon fils, être assez aimable pour leur servir de guide et modérer leurs témérités ?

— Très volontiers, Madame ; je suis à votre disposition.

— J'ai eu un instant l'envie d'être de la partie ; mais, à la réflexion, j'y ai renoncé. Ce serait trop fatigant pour mes cinquante ans. Bertrand vous accompagnera avec un panier de provisions. Ces dames se proposent de dîner sur l'herbe et à l'ombre. Vous voudrez bien partager ce régal champêtre.

— C'est trop d'honneur que me font ces dames. Je suis entièrement à leur disposition.

— Soyez prêt alors pour demain à huit heures. Mlle Gerbois ne rêve plus que de cette pêche aux écrevisses, et je ne veux pas faire attendre cette jeune impatiente.

— C'est entendu, Madame ; je serai ici demain à huit heures, et je me charge des engins de pêche. Que ces dames n'oublient pas de se munir de leurs ombrelles. Il fait chaud en été, entre dix heures et trois heures, sur les bords de la Gardelle. »

Qui fut surpris le lendemain ? Ce furent les Chiracquois, lorsqu'ils virent le jeune Sautour suivre la principale rue de la ville, précédant Mme la sous-préfète et sa sœur, auxquelles le vieux domestique Bertrand, avec un grand panier au bras, servait d'arrière-garde. Arrivée sur le pont qui franchit la Gardelle, à deux cents mètres des dernières maisons de Chirac, la petite troupe s'arrêta pour délibérer.

Fallait-il suivre le cours d'eau en amont ou en aval, du côté de la source ou du côté de l'embouchure ? En optant pour l'amont, le ruisseau était plus abondant en écrevisses ; l'aval était plus pittoresque et plus gracieux.

Mlle Gerbois prenant, sans la demander, la parole, déclara qu'il s'agissait moins d'une promenade que d'une pêche; il fallait donc viser les écrevisses, c'est-à-dire suivre la Gardelle en remontant à la source.

Tout alla bien la première heure. Ces dames

Le docteur Chabrier.

s'amusaient beaucoup. Il fallait voir avec quel frémissement joyeux elles levaient le filet fixé au bout de la gaule et entraîné au fond de l'eau par de petites boules de plomb, et garnies de débris de viande comme appât ! Mais bientôt le soleil s'éleva sur l'horizon, et ses rayons brûlants tombèrent sur les pêcheurs, sans que rien les amortît. Il était survenu sur les bords de la Gardelle un changement ignoré de Georges Sautour. Sur une étendue de près de trois lieues, les propriétaires riverains avaient abattu les arbres. La plupart de ces arbres étaient vieux et dépérissaient. Il était sage de les vendre comme bois à fabriquer les sabots ou bois de chauffage.

Rien n'était triste comme la vue de ces arbres au feuillage déjà flétri, étendu de toute leur longueur sur la terre. Coupés ou sciés à un pouce au-dessus du sol, avec la couleur rouge du bois, leurs troncs ressemblaient vaguement à des corps humains fraîchement mutilés.

Et le soleil montait toujours, dardant des rayons de plus en plus brûlants, contre lesquels les ombrelles des deux sœurs étaient un frêle rempart. Ces arbres, qui, debout et vivants, auraient donné un épais et délicieux ombrage, n'étaient plus, gisant sur le sol, qu'un spectacle disgracieux et un obstacle à la marche. La fatigue vint à la suite de cette chaleur torride, dont rien ne protégeait. Georges comprit que la promenade allait être abrégée. Elle l'eût été déjà, et ces dames auraient sans doute songé au retour, si elles n'avaient été arrêtées par une sorte de fausse honte.

Et tout cela était dû au manque d'ombrage.

Soudain un petit pâtre d'une douzaine d'années vint à passer à quelque distance; Georges le héla, lui dit quelques mots à l'oreille, et le gars prit sa course dans la direction de Chirac. Il revint moins d'une heure plus tard, portant sur ses épaules une espèce de longue machine enveloppée dans un étui de grosse toile. Georges lui prit l'objet des mains et déploya dans l'air... le parapluie de tante Suzon.

Grâce à ce pavillon portatif, tenu tantôt par le jeune Sautour, tantôt par le vieux Bertrand, sur la tête des promeneuses, ces dames purent braver les rayons du soleil, placer leurs filets et les relever sans trop souffrir.

On arriva à une heure après midi. Soutenu par trois gaules, le parapluie forma une véritable tente sous laquelle on put dîner à l'ombre, comme sous l'arbre le plus touffu.

Il était cinq heures du soir lorsque la caravane rentra à la sous-préfecture, enchantée de sa longue promenade et chargée d'un beau panier d'écrevisses grouillantes et frétillantes sur un lit d'herbes fraîches.

Les jours qui suivirent, il fut beaucoup question au château du parapluie de tante Suzon. On en parlait encore lorsque le sous-préfet de Chirac revint de Paris. Il apportait une importante nouvelle. Il venait d'être nommé préfet d'un département limitrophe de celui dans lequel il était né, et où il possédait ses propriétés. Sa mère, sa femme et sa sœur furent transportées de joie. Bertrand, lui, proposa sérieusement de demander à M. le curé de sonner et de chanter un *Te Deum*. Le vieux serviteur avait suivi son maître à Chirac : il s'y ennuyait plus que personne et était ravi de retourner, sinon au pays natal, du moins dans le voisinage.

Le neveu de tante Suzon était loin de partager la joie générale. Ce fut avec une mélancolie voisine du chagrin qu'il aida aux préparatifs de départ. Il perdait un protecteur dévoué dans M. Desaubiers et n'était point sûr que son successeur lui conservât son emploi. Cette crainte n'était que trop fondée. M. Romain, le nouveau sous-préfet de Chirac, fut à peine arrivé, qu'il déclara qu'un secrétaire lui suffirait. Georges dut se mettre à la recherche d'une situation. Plusieurs semaines s'écoulèrent sans qu'il la trouvât, malgré l'activité de ses recherches et la modestie de ses prétentions.

Le docteur Chabrier, qui continuait de porter à

notre héros un vif intérêt, essaya de le faire entrer à la mairie de Chirac en qualité d'aide-secrétaire. Le maire lui opposa les opinions politiques et religieuses de son protégé. Le docteur répondit que le jeune Sautour ne pouvait avoir guère eu occasion de manifester ses préférences politiques, puisqu'il n'avait pas l'âge de voter ; quant à ses opinions ou mieux à ses croyances religieuses, elles ne relevaient que de sa conscience. Est-ce que l'habitude d'entendre la messe et de saluer son curé dans la rue est incompatible avec les qualités d'un bon sous-secrétaire de mairie ? Rien n'y fit ; Georges fut refusé, et l'emploi donné à un franc-maçon passant pour libre penseur et ardent républicain.

Les choses en étaient là, et Georges commençait à voir fort en noir l'avenir lorsqu'il reçut une lettre timbrée du chef-lieu de la préfecture occupée par M. Desaubiers. La voici :

« Cher monsieur Sautour,

« Je n'ai pas voulu vous donner un espoir qui aurait pu ne pas se réaliser ; mais, en quittant Chirac, je ne vous ai pas oublié. Aujourd'hui je puis vous être utile. Une place de chef de bureau vient de vaquer à la préfecture par la mort du titulaire. Je vous l'offre. Les appointements sont de deux mille francs. Si vous continuez le zèle et l'application que vous avez déjà montrés, cet emploi ne sera pas votre bâton de maréchal. En attendant, venez vite avec votre mère. Je suis assailli de sollicitations, et il me tarde que le poste soit occupé.

« N'oubliez pas de déménager avec soin le fameux parapluie de tante Suzon. Il y aura dans quelques jours une vente de charité dans les jardins de la préfecture. Ma mère, ma femme et ma belle-sœur, se proposent d'utiliser le parapluie de soie jaune en dressant sous son ombre je ne sais quel étalage dont elles feront les honneurs.

« Tout à vous,

« L. DESAUBIERS,

« Chevalier de la Légion d'honneur, préfet de X... »

Après avoir lu cette lettre à sa mère et à sa marraine, Georges se hâta de la porter au docteur Chabrier.

« Sais-tu, lui dit le vieux médecin, que le parapluie de soie jaune est un vrai talisman et qu'il a contribué à ta fortune autant au moins que tes mérites?

— C'est bien vrai, répondit le jeune homme; vous avez bien raison.

— Eh non! nigaud, ce n'est pas vrai, je n'ai point raison, et je ne voulais que plaisanter. Si Pierre Douillet, Joseph Durand, Nicolas Léveillé et *tutti quanti* avaient eu une tante Suzon leur laissant pour tout héritage un vieux parapluie, ils se seraient hâtés de vendre pour quelques sous ce souvenir d'une parente pauvre. Ou bien, s'ils l'avaient conservé, ils n'auraient pas eu le cœur et l'esprit de l'utiliser ainsi que tu l'as fait. Tant vaut l'homme, tant vaut le talisman. Songe à ne pas te laisser, comme tant d'autres, corrompre par la prospérité et enfler par l'orgueil de la vie, *superbia vitæ,* ainsi que dit M. le curé de Chirac. A mon prochain voyage pour Paris, je ferai un crochet afin d'aller te voir. Si tu n'étais pas resté le garçon honnête, laborieux, économe et modeste que j'ai connu ici, je te tirerais tes oreilles de chef de bureau de préfecture. En attendant, laisse-moi te féliciter et t'embrasser cordialement. »

Georges alla faire ses adieux à M. le curé de

Chirac, dont il avait été l'enfant de chœur, et, pour être moins familières et moins pittoresques, les recommandations du vieux prêtre n'en furent pas moins sages.

Nous renonçons à reproduire les réflexions de M. Gilbert, secrétaire perpétuel de la sous-préfecture de Chirac. Au bout de plusieurs années il est encore à comprendre comment le fils d'un charpentier et d'une couturière de troisième ordre a pu obtenir un avancement aussi rapide et aussi peu justifié. Même l'avènement des nouvelles couches sociales annoncées par Gambetta ne parvenait pas à lui éclaircir ce mystère de l'ordre administratif.

La vente de charité eut lieu dans les jardins de la préfecture, un peu après l'installation de Sautour. Elle dura trois jours et rapporta quarante mille francs. Certain étalage de pâtisserie fine, de bonbons et de liqueurs rapporta le quart de cette somme. Les vendeuses étaient la mère, la femme et la belle-sœur de M. le préfet. L'étalage était abrité par un colossal et immense parapluie de soie jaune qui attirait les acheteurs, les retenait et contribua, de l'avis de tout le monde, au succès des vendeuses. Une légende vague et poétique circulait sur le compte de ce parapluie phénoménal. Une chose est sûre, c'est qu'il fut cause en grande partie du débit de la marchandise. Le talisman n'a pas dit son dernier mot. Il contribuera probablement à la nomination de son possesseur au poste de chef de division, nomination que tout le personnel de la préfecture aperçoit dans un prochain avenir.

Le docteur Chabrier est allé voir le chef de bureau, et il a eu sur son compte des renseignements si élogieux de la part de ses supérieurs, de ses égaux et de ses inférieurs, que, loin de lui tirer les oreilles, il a accepté de dîner à sa table. Il aurait souhaité que le couvert fût mis dans le jardin situé derrière la jolie maisonnette habitée par Sautour, et à l'ombre du parapluie de tante Suzon ; mais le temps ne l'a pas permis.

L'HABIT DU PROFESSEUR

L'instruction et l'éducation que j'ai reçues, me dit M. Desroches, coûteraient aujourd'hui le triple de ce qu'elles coûtèrent il y a quarante ans à mes parents, et elles ne seraient pas meilleures; peut-être devrais-je dire qu'elles seraient moins bonnes. Le petit collège communal où j'ai passé sept années était aménagé le plus modestement possible. On ne voudrait pas aujourd'hui de ses vieux bâtiments pour une école primaire un peu importante. Le principal, le préfet des études, le professeur de philosophie, le professeur de rhétorique, étaient des hommes modestes et même humbles, uniquement voués à leur tâche et ne se mêlant pas plus des affaires politiques de leur pays que de celles du Grand Turc. Ils avaient pour la religion, l'Église et le clergé, une déférence qui n'ôtait rien à leur dignité et à leur liberté. Sur huit professeurs, deux étaient prêtres. Les six autres, dont un seul était marié, vivaient dans une retraite presque aussi complète que celle des deux ecclésiastiques leurs collègues.

Ce qui caractérisait le collège de Richeval, c'était la facilité qu'il offrait aux parents les moins fortunés pour faire suivre à leurs fils les études classiques. La pension des quatre-vingts internes ne dépassait pas trois cents francs, y compris le blanchissage, le raccommodage, le médecin, le pharmacien, le perruquier et le professeur de violon. Quant aux cent vingt externes, ils en étaient quittes pour sept francs par mois. Oui, il y a eu un temps où, pour sept francs par mois, un jeune homme apprenait le français, le latin, le grec, l'anglais, les mathématiques, le dessin et la musique. Aussi non seulement les bourgeois, mais les simples artisans envoyaient-ils leurs fils à Richeval.

La population du collège était en moyenne de deux cents élèves. Un quart entrait au grand séminaire ; un autre quart produisait des médecins, des officiers de santé, des notaires de campagne, des huissiers, des vétérinaires, etc. La bonne moitié des élèves quittait le collège après la quatrième, la troisième et même la seconde, pour reprendre la charrue ou l'outil. Ils se remettaient promptement au métier de leur père et ne devenaient point des déclassés, des désœuvrés et des mécontents. Plusieurs gardaient du latin auquel ils s'étaient frottés des souvenirs qui se traduisaient en citations assez surprenantes dans la bouche d'un laboureur ou d'un menuisier.

Ayant rencontré un jour, non loin des murs du vieux collège, un paysan qui déjeunait sur le pouce d'un oignon et d'un morceau de pain, pendant que soufflaient ses deux vaches attelées à la charrue, grande fut ma surprise lorsque, au cour de la conversation, il me cita une strophe d'une ode d'Horace qui commence par ces mots :

Beatus qui procul negotiis
Ut prisca gens mortalium, etc. [1].

« Ah ça ! lui dis-je, est-ce que vous n'auriez pas passé quelque temps au collège de Richeval ?

— *Ita, domine.* Oui, Monsieur, me répondit-il ; j'y ai fait ma troisième et remporté les prix de thème et de version. Ça ne m'empêche pas de labourer aussi bien qu'un autre, et, le dimanche soir, c'est avec plaisir que je repasse mon Virgile et mon Horace. Quand je dis que je repasse ces auteurs, je veux dire les passages que j'ai expliqués autrefois ; car je ne suis pas assez savant pour lire Horace et Virgile à livre ouvert. Cependant, avec un dictionnaire et en y mettant de l'application... »

Un autre jour, causant avec un tailleur de pierres de l'abandon dans lequel amis, parents et parasites laissaient un ancien millionnaire, l'ouvrier me dit :

« Ah ! Monsieur, qu'ils sont vrais les verres d'Ovide:

Donec eris felix, multos numerabis amicos;
Tempora si fuerint nubila, solus eris [2].

Je venais de rencontrer encore un ancien élève et un ancien lauréat de Richeval.

Je me suis parfois figuré l'instruction classique donnée à tous ou à presque tous, aux paysans et aux

[1] Heureux celui qui, loin des affaires et exempt de dettes, imitant les premiers hommes, laboure avec ses bœufs le champ hérité de son père !

[2] Tant que vous serez heureux, vous compterez de nombreux amis; que l'adversité arrive, vous vous trouverez seul.

ouvriers comme aux bourgeois. Il y aurait là, ce me semble, une source de civilisation et de moralisation qui vaudrait mieux que le puits banal où tous les petits Français vont puiser l'eau trouble et malsaine, lorsqu'elle n'est pas empoisonnée, de l'instruction primaire, gratuite, obligatoire et laïque.

C'est sans doute un rêve, une chimère que je caresse là. Ce qui est sûr, c'est que le collège de Richeval a fait des latinistes, aujourd'hui laboureurs, maçons, charpentiers, cordonniers, qui citent Virgile et Horace comme des bacheliers, et qui ne se croient ni déplacés, ni malheureux, ni victimes du sort et de la mauvaise organisation sociale.

Il est vrai qu'à Richeval l'instruction religieuse et les pratiques pieuses étaient en grand honneur et passaient avant tout. Ce petit détail explique bien des choses.

Le plus remarquable et le plus remarqué des professeurs de Richeval était, de mon temps, M. Roméo Valentin, que nous nommions habituellement M. Roméo. Le porteur de ce prénom éminemment romanesque et romantique était l'homme le plus simple de la terre. Cette simplicité de manières, de mœurs et de goûts n'empêchait pas M. Valentin d'être un professeur de rhétorique hors ligne. Les qualités morales n'étaient pas moindres que les dons de l'intelligence. On ne connaissait à M. Roméo qu'un défaut, celui d'être négligé dans sa tenue et sa toilette. Il avait un habit noir qu'il ne mettait qu'aux plus grands jours, qui était bien l'habit noir le plus luisant, le plus râpé et le plus délabré qu'il soit possible de concevoir sur le dos d'un être vivant.

L'année précédente, ce malheureux habit avait attiré l'attention de tout le monde à la distribution solennelle des prix de la fin d'année. Nul doute qu'il ne reparût encore avec celui qui le portait sur l'estrade d'honneur, entre Mgr l'évêque et le sous-préfet.

Il y eut dix rhétoriciens, desquels je fus, qui se liguèrent pour conjurer cette catastrophe.

Maubert soutint que c'était tout simplement par avarice que M. Roméo faisait durer si longtemps son vieil habit.

M. Roméo avait un habit qu'il ne mettait qu'aux plus grands jours.

Je combattis cette opinion peu charitable, en insinuant que c'était moins peut-être par avarice que par insouciance et inadvertance que notre professeur agissait. Il y a eu des hommes de talent et de génie qui ont porté fort loin le négligé de la tenue.

« Avarice ou insouciance, dit Jolibois, le résultat est le même et déplorable. La vue de cette guenille noire sur l'estrade me gâte à l'avance les prix et les couronnes que j'espère obtenir.

— Jolibois a raison, dit Mathivet, j'aimerais mieux voir notre professeur en blouse qu'avec cette loque. Que concluons-nous? fit observer le prudent Mathivet, car enfin il faut conclure.

— Je conclus pour ma part, dit Jolibois, à ce que nous fassions disparaître l'habit noir ; M. Roméo sera bien obligé d'en commander un neuf.

— C'est grave, dis-je.

— Bah ! grave ! répondit Jolibois, cet habit ne vaut pas trois francs ; nous donnerons aux pauvres le double de sa valeur, et je réponds que l'abbé Roland ne nous refusera pas l'absolution. »

Un des dix avait jusque-là gardé le silence : c'était un pieux jeune homme de vingt ans, qui se destinait à la prêtrise. Il était le moins courroucé contre l'habit noir du professeur. Peut-être le pauvre garçon prévoyait-il qu'il lui arriverait un jour de porter, faute de ressources, des soutanes bien usées et bien râpées.

Quoi qu'il en soit, Maurisset, qui n'avait rien dit jusque-là, intervint.

« Il me semble, dit-il, qu'il faudrait avant tout savoir pourquoi M. Valentin fait durer si longtemps son habit de cérémonie. On a parlé d'avarice ou d'insouciance. Sont-ce bien là les véritables causes de la conduite de notre professeur ? Il me semble plus naturel de penser que si le vieil habit n'est pas remplacé par un neuf, c'est que la pauvreté s'y oppose.

— Allons donc ! s'écria Jolibois, lorsqu'on est célitaire et qu'on gagne mille francs par an avec le logement et la table, on peut bien trouver soixante francs pour s'acheter un vêtement indispensable.

— Il y a des célibataires cependant, répondit Maurisset, qui ont des charges, des parents pauvres, par exemple, à soutenir. Pourquoi M. Roméo ne serait-il pas dans ce cas ? Vous savez qu'il est de Clermont en Auvergne ; j'ai dans cette ville un cousin germain. Si vous voulez, je lui écrirai pour lui demander confidentiellement des renseignements sur la famille de M. Roméo Valentin. »

Cette proposition fut acceptée à l'unanimité.

Huit jours plus tard, Maurisset nous lut la lettre suivante :

« Mon cher cousin,

« M. Roméo Valentin est né, comme tant d'autres, de parents pauvres et honnêtes. Après avoir nourri son père et sa mère, qui sont morts fort âgés, il a sur les bras deux vieilles sœurs dont l'une est aveugle et l'autre à moitié paralytique. Si maigre chère que fassent les pauvres créatures, il ne leur faut pas moins de mille francs pour vivre, ou plutôt pour ne pas périr de misère.

« Si tu as besoin d'autres renseignements, je suis à ta disposition.

« Ton cousin dévoué,

« GEORGES MAURISSET. »

« Mille francs! dis-je, et M. Roméo n'en gagne pas davantage. Il me semble que le mystère est éclairci et que notre professeur ne fait tant durer son habit que parce qu'il ne peut pas faire autrement, s'étant chargé de l'entretien de ses deux sœurs. »

Mes neuf camarades furent de cet avis. Nous nous reprochâmes d'avoir calomnié M. Roméo. C'était un homme d'un caractère antique, comme ces illustres Grecs et ces grands Romains dont il nous traduisait les œuvres.

« Mes amis, dit Jolibois, je suis d'avis que nous nous cotisions pour acheter un habit à M. Roméo. On a, en province, un habit en drap noir pour soixante francs. C'est donc six francs que chacun de nous aura à débourser. J'espère que personne ne reculera devant cette petite dépense.

— Non! non! répondîmes-nous en chœur.

— Ce n'est pas tout que d'acheter cet habit, fit observer Maurisset, il faudrait encore le faire accepter au destinataire. Là me paraît la grosse difficulté. Comment vous y prendrez-vous? J'imagine que nous n'irons pas dire à notre professeur : Votre habit de cérémonie tombant en loques, nous vous en avons acheté un autre; faites-nous le plaisir de l'accepter. »

Personne ne répondit. Nous venions de comprendre que la question était plus délicate que nous ne l'avions d'abord soupçonné.

Mais Jolibois n'était longtemps embarrassé de rien.

« Voilà, dit-il : l'habit fait, je me faufile dans la chambre de M. Roméo, — la chose est facile, puisque même en son absence la clef est dans la serrure; — je me faufile donc dans la chambre du professeur, et je dépose l'habit sur son lit. »

Maurisset voulut faire une observation ou une objection, mais sa voix fut couverte, et il fut décidé, à la majorité de neuf voix contre une, que le projet de Jolibois serait mis sur-le-champ à exécution. Huit jours seulement nous séparaient de la distribution des prix, il n'y avait pas de temps à perdre.

Lorsque Maurisset vit l'affaire décidée, il déposa ses six francs. Je crois que c'est lui qui fit le plus grand sacrifice. Aucun de ses neuf camarades n'était riche, mais lui était pauvre.

Il fallut mettre dans la confidence M. Janvier, le principal, pour ne pas dire l'unique tailleur de Richeval. Cet honorable négociant avait, lui aussi, fait ses études au collège de sa ville natale. Il les avait même conduites jusqu'en rhétorique. Il lui était resté de cette instruction classique des sentiments nobles et élevés.

« Messieurs, nous dit-il, je vous demande la permission de m'associer à votre œuvre, en ne prenant rien pour la façon du vêtement que vous me commandez. Vos soixante francs seront employés uniquement à l'achat du drap et de la doublure. Dans ces conditions, M. Roméo Valentin aura un habit de premier choix et qu'il payerait partout, j'ose le dire, cent francs au moins. »

Nous remerciâmes vivement M. Janvier, et acceptâmes ses offres généreuses.

Ce n'était pas une caserne, le collège de Richeval, mais une grande famille. Chaque élève pouvait, pour la moindre raison, obtenir la permission d'aller en ville pendant les heures de récréation, et jamais, paraît-il, on n'avait abusé de ce laisser-aller. Nous profitâmes de ces facilités pour nous rendre tous dix, à tour de rôle, chez Janvier, où l'habit était exposé. Le maître tailleur avait voulu le couper et le coudre de ses propres mains. Il avait produit un chef-d'œuvre. De ma vie je n'avais vu un vêtement aussi décent, aussi noble, aussi galant. C'était un de ces habits noirs comme en peut porter un ministre. Le grand cordon de la Légion d'honneur, la Toison d'or, n'eussent pas été déplacés sur cet habit-là.

Certes, nous soupirions après le jour de la distribution des prix, parce que c'était le jour des récompenses et le premier jour des vacances; mais peut-être le plaisir de voir M. Roméo dans son habit neuf était-il ce qui nous faisait le plus désirer la venue du dernier jour de l'année scolaire.

L'avant-dernière nuit qui précéda cette date mémorable, mon sommeil, ordinairement si profond et si paisible, fut court et agité. Je rêvai de M. Valentin et de son habit.

Après la récréation du soir, prise en commun avec les élèves, le professeur de rhétorique, entrant dans sa chambre pour se coucher, à neuf heures, à l'exemple encore des élèves, grande était sa surprise en approchant de son lit d'y voir un bel habit noir tout neuf. Quelques minutes de réflexion l'amenaient à se rendre compte que c'était là un cadeau. Alors, après un peu d'hésitation, il essayait l'habit, se regardait dans son miroir, — ce qu'il ne faisait que pour se raser, — trouvait que l'habit lui allait à merveille et prenait la résolution de le mettre le jour de la distribution des prix; car l'excellent homme se rendait compte que c'était tout particulièrement en vue de ce jour que lui était fait ce cadeau.

Tel fut mon rêve. Le matin qui le suivit, un incident survint qui manqua détruire l'édifice si laborieusement édifié de nos projets.

Quelques détails sont nécessaires. C'était en conséquence d'économies persistantes qu'on arrivait, au collège de Richeval, à pouvoir n'exiger qu'une si faible rétribution des internes et des externes. Principal et professeurs ne regardaient pas l'établissement comme une vache à lait qu'ils pouvaient traire à leur profit; ces braves gens se considéraient comme les serviteurs du public, et, pourvu que le public fût content, ils étaient satisfaits.

Le croirait-on? L'abonnement à un journal religieux, politique et littéraire, était regardé comme une dépense de luxe. Il circulait dans le collège je ne sais plus quelle gazette reçue en premières mains par le juge de paix de Richeval ; ce magistrat la prêtait à M. le principal, qui la passait à ses professeurs en commençant par celui de philosophie. Il arrivait que le professeur de huitième lisait un journal datant de cinq ou six jours. Cela ne l'empêchait pas de le lire avec plaisir.

O temps ! ô mœurs ! Quel est l'adjoint de l'école de hameau qui voudrait se soumettre aujourd'hui à un pareil régime intellectuel ?

On apprit donc, par la gazette de M. le juge de paix, que le ministre de l'instruction publique avait décidé que tous les professeurs des collèges communaux seraient en robe le jour de la distribution solennelle des prix.

Je renonce à dépeindre l'effet produit par cette nouvelle sur les dix souscripteurs à l'habit neuf.

Si le professeur de rhétorique était en robe, il ne porterait pas son habit, ou, s'il le portait, c'était comme s'il ne l'avait pas porté, puiqu'il serait caché par cette malencontreuse robe.

Nos efforts étaient donc vains, et notre dépense inutile ! De plus grands projets avortés ont causé de moindres chagrins. Même le sage Maurisset laissait paraître de la contrariété.

Heureusement il se trouva que l'arrêté ministériel était arrivé trop tard à la connaissance du principal de Richeval, et que le temps manquait pour faire faire des robes d'ordonnance. Il fut donc décidé en conseil que, pour cette fois encore, les professeurs porteraient le costume civil, je veux dire le costume non universitaire.

Nous respirâmes à pleins poumons.

Hélas ! il avait bien raison cet auteur de l'antiquité qui a écrit que les mortels ne savent pas ce qui leur convient le mieux, et qu'ils doivent laisser aux dieux le soin de leur fortune.

Mais n'anticipons pas.

La nuit qui précéda la distribution des prix, Jolibois, Maubert et moi, nous nous rendîmes coupables d'une grave infraction au règlement. Nous nous levâmes un peu après minuit, et, nous étant cachés dans le fond du dortoir, nous avisâmes à ce qu'il faudrait faire le lendemain ; car enfin il fallait tout prévoir. Le plus simple bon sens indiquait que M. Roméo chercherait à savoir d'où lui venait ce bel habit, qui avait fait l'admiration de tous à la distribution des prix. Sa pensée se porterait naturellement sur ses élèves. Quels autres auraient eu l'idée de lui faire un semblable cadeau ? Faudrait-il avouer ? faudrait-il nier s'il nous pressait de questions, comme il était présumable qu'il ne manquerait pas de le faire.

Il fut décidé que, la distribution des prix faite, chacun s'en irait en vacances le plus tôt possible, et sans prendre congé de M. Roméo. De la sorte, les explications seraient faciles, puisqu'il n'y en aurait pas. Jolibois se chargea de faire accepter le résultat de cette délibération aux sept autres conjurés qui dormaient en ce moment, et dont nous venions de présumer le vote dans une réunion plénière.

Tout étant réglé pour le mieux, nous n'avions plus qu'à laisser les événements s'accomplir.

Des vingt distributions de prix auxquelles j'ai assisté à Richeval en qualité d'élève ou d'ancien élève, aucune ne fut aussi brillante que celle qui marqua la fin de ma rhétorique. La vaste salle était comble ; je ne crois pas exagérer en évaluant à mille le nombre des assistants. Le clergé, la noblesse et la bourgeoisie du pays, y étaient représentés par leur élite. Il y avait presque autant de dames que de messieurs.

C'est en face de cette importante assemblée, et au milieu de l'estrade d'honneur, que nous vîmes apparaître le professeur de rhétorique. Il tenait à la main la liste des lauréats dont il allait proclamer les noms.

Il avait... Faut-il le dire?... Il avait son vieil habit noir, plus luisant et plus élimé, plus râpé que jamais.

Jolibois faillit se trouver mal. Maubert laissa échapper à mi-voix ces mots :

« Vieil orgueilleux ! »

Quant à Maurisset, il me sembla que son visage annonçait une secrète et discrète satisfaction.

Ce que je pensais et sentais, moi, il me serait difficile de le dire, tant je fus déçu et déconcerté. Je n'attendis pas la fin de la cérémonie pour courir chez Janvier, le tailleur. Il était encore plus surpris et plus mystifié que nous. Il me donna à lire une lettre qu'il avait reçue le matin même, à la première heure, de la part de M. Roméo Valentin. La voici :

« Monsieur,

« C'est évidemment par vos soins qu'un vêtement neuf a été déposé en mon absence sur mon lit ; je vous le retourne, ne vous l'ayant point commandé.

« J'ai l'honneur de vous saluer.

« Roméo Valentin,

« Professeur de rhétorique au collège de Richeval. »

Je compris ce jour-là, pour la première fois, qu'il existe une noble et légitime fierté à l'usage des plus pauvres gens.

L'ASSASSINAT DU PONT-ROMPU

A quoi tiennent l'amitié, l'estime, la considération, la confiance? c'est difficile à dire. Des services, de grands services rendus ne les obtiennent pas toujours ; une conduite honnête et correcte non plus ; témoin M. Rémois. Si quelqu'un méritait d'être aimé, estimé, considéré, c'était ce vieillard, dont la vie n'offrait rien à reprendre, et qui avait couvert à la lettre le pays de ses bienfaits et de ses libéralités. Églises, hospices, écoles, avaient été l'objet de sa munificence. Une famille tombait-elle dans la gêne, un secours non sollicité lui arrivait au moment le plus opportun. Quant aux vagabonds plus ou moins intéressants, ils n'avaient jamais frappé en vain à la porte de M. Rémois. Les voisins même se plaignaient qu'ils les secouraient trop libéralement et les attirait par nuées et par bandes dans la commune et le canton.

Le dévouement s'était joint à la générosité. Après

avoir payé de sa bourse, le vieillard avait payé de sa personne. Il avait montré, en plusieurs circonstances, un mépris du danger et un courage rares. On l'avait vu, quoiqu'il ne fût armé que de sa canne, détourner sur lui la fureur d'un chien atteint d'hydrophobie, qui poursuivait des enfants. Pendant une épidémie qui avait décimé la commune, non content de seconder le médecin et le curé, il avait fait office de garde-malade et de fossoyeur.

Et cependant M. Rémois n'inspirait ni confiance ni sympathie ; à peine obtenait-il cette estime banale qu'on ne refuse à personne. Des bruits vagues, très vagues, couraient sur son passé, sur ses antécédents, comme on dit en style judiciaire et administratif. Précisément parce que rien n'était formulé, tout était admissible. Quelle autre cause que le remords pouvait donner à son front ces plis si profondément creusés, et à toute sa physionomie cette tristesse incurable ? C'est bon d'être modeste, mais on ne marche pas la tête si courbée et les yeux si obstinément fixés vers la terre. Pourquoi aussi repousser durement les actions de grâces des gens qu'on a obligés ? On peut bien accepter le grand merci cordial du pauvre diable auquel on vient de donner un louis ou un billet de banque, et qui n'a rien à vous offrir, en échange, que l'expression de sa gratitude.

On sentait instinctivement qu'un mystère planait sur l'existence de ce vieillard, et que ses bonnes actions actuelles n'étaient que la rançon insuffisante de ses fautes passées, peut-être de quelque crime inconnu et impuni. Était-il vraiment impuni, ce crime ? et n'était-ce pas un cruel châtiment que les remords auxquels cet homme était visiblement en proie ?

Depuis quelques jours, M. Rémois n'était pas sorti

de chez lui. On en conclut qu'il était malade et que, si peu grave qu'il fût, le mal serait mortel pour ce corps affaissé et comme courbé déjà vers la tombe. On ne se trompait pas. Le médecin et le curé furent appelés en même temps. Le premier, après avoir examiné le malade et rédigé l'ordonnance obligée, sortit en secouant la tête. Ce geste du bon docteur Benoît était bien connu des habitants de la petite commune de Saint-Vital ; il signifiait : Mon client est un homme perdu. La visite du prêtre fut de beaucoup plus longue. Entré à huit heures dans la chambre de M. Rémois, M. le curé n'en sortit qu'après dix heures. Il ne tarda pas à y retourner avec le saint Viatique. Ce fut, pour cette religieuse population, une satisfaction véritable. Le remords n'est pas toujours le repentir, et le repentir le plus sincère lui-même n'est digne de pardon que lorsqu'il a été accepté et consacré par la religion et par l'Église. Celui-là seul peut être sûr d'être pardonné à qui Dieu a dit par la bouche de son ministre :

« Vos péchés, vos crimes vous sont remis. »

Vers le soir, le malade fit prier le juge de paix, le maire, le principal notaire de Saint-Vital, ainsi qu'un magistrat en retraite, de venir le voir. Ces messieurs rencontrèrent, autour de son lit, le curé et le médecin.

« Messieurs, dit Rémois, je vous demande pardon de vous avoir dérangés, et je vous remercie de vous être rendus à mon appel. Vous voyez un homme qui sera mort demain avant l'aube.

— Vous vous exagérez votre état, dit le docteur.

— Vous savez bien le contraire, dit le malade, et qu'il n'y a plus d'huile dans la lampe. Quelques jours plus tôt ou plus tard, qu'importe? L'essentiel est de mourir en chrétien. Béni soit Dieu, qui me fait cette grâce ! J'aurais voulu, Messieurs, rendre publique, de mon vivant, la confession que j'ai faite ce matin à M. le curé. La grandeur de mon crime me semblait rendre nécessaire cette expiation : M. le curé en a jugé autrement ; il me conseille même de ne vous faire rien connaître de mon passé. J'obéis. D'ailleurs les forces me manqueraient pour ce long et lamentable récit. Mais je ne veux emporter ni la pitié ni l'estime que vous m'accorderiez peut-être. M. le curé, dès que j'aurai rendu le dernier soupir, vous remettra un cahier où j'ai écrit ma confession. Lisez-le, je vous prie, avant mes funérailles.

« Je désire que ces funérailles soient très simples; qu'on n'en annonce ni le jour, ni l'heure, ni le lieu. Le silence, l'oubli, voilà ce que je veux. J'ai disposé de mon mieux de ma fortune. Si, à cause de quelques libéralités faites à votre commune, la municipalité voulait rendre quelques honneurs à mon nom et à ma mémoire, je vous supplie de vous y opposer, en alléguant mes dernières volontés. J'ai écrit ce que je vous dis là dans mon testament; mais je sais que sur ce point les dernières volontés sont violées ou éludées. Qu'il n'en soit pas ainsi pour moi. Opposez-vous à tout honneur, à toute marque publique de reconnaissance en ma faveur, en faisant au besoin connaître quelle a été ma vie. »

M. Rémois s'arrêta. Il était visible que les forces lui manquaient, et qu'il n'avait pu parler comme il venait de le faire que par un effort suprême. Le juge de paix, le maire, l'ancien magistrat et le médecin, s'approchèrent du malade, et, après lui avoir serré la main, se retirèrent silencieux, le laissant seul avec le prêtre.

Il mourut le lendemain à l'aube du jour, ainsi qu'il l'avait pressenti et annoncé, entre les bras du curé de Saint-Vital. Quelques instants plus tard, le manuscrit contenant sa confession était entre les mains du notaire, qui en donnait lecture au juge de paix, au médecin et à l'ancien magistrat, convoqués d'urgence dans son cabinet.

I

Mon père et ma mère, écrivait M. Rémois, appartenaient à la moyenne bourgeoisie parisienne. Ils n'eurent pourtant en héritage que leur instruction et leur éducation, les sœurs et les frères des deux familles étant nombreux. Je ne crois pas que fils unique ait été autant aimé de ses parents que je le fus des miens. La tendresse surtout de mon père tournait à l'adoration. De sa part ni observations, ni reproches, ni punitions. Devant cette indulgence sans limite, ma mère fut obligée de s'attribuer le département de la sévérité. L'excellente femme mourut lorsque je venais d'atteindre ma douzième année. Refusant les partis qui lui étaient offerts, et que ses quarante ans, à peine sonnés, lui auraient permis d'accepter, mon père se consacra à moi tout entier.

M. Rémois était entré de bonne heure comme employé dans l'importante banque Rivet et Andrieux. Son élégante écriture, son assuidité, sa bonne tenue, le firent distinguer de ses patrons ; et, lorsqu'il se maria, il était sous-caissier, aux appointements annuels de quatre mille francs. La petite dot de sa femme fut mise dans la banque, et lui rapporta de six à sept pour cent.

Nous aurions vécu presque largement, si mon père n'avait pas été tourmenté par l'ambition de devenir premier caissier. Il avait à cette place tous les titres et tous les droits ; seul le cautionnement lui manquait. De là toutes sortes d'économies du vivant de ma mère, et surtout après sa mort. Ces économies portaient moins sur la nourriture que sur le logement et l'ameublement. Mon père soutenait, non peut-être sans raison, qu'une famille bien nourrie est toujours suffisamment logée et meublée, et que c'est folie, lorqu'on n'est pas obligé à la représentation officielle, de mettre le tiers ou la moitié de son revenu au loyer et aux meubles. Pour cette raison, nous n'avions pas d'argenterie.

« Un bon potage dans une cuiller de ruolz est préférable, disait mon père, à de mauvaise soupe mangée dans une cuiller d'argent. »

Enfin, les trente mille francs exigés pour le cautionnement furent réunis, et M. Rémois devint premier caissier de la banque Rivet et Andrieux.

Lorsque, mes études finies, j'entrai à vingt ans comme commis dans la susdite banque, mon père y avait toute sa fortune, trois cent mille francs. Le capital social était d'un million : cinq cent mille francs apportés par M. Rivet, et cinq cent mille francs par M. Andrieux. Ces messieurs étaient si contents des services de leur caissier, devenu leur guide et leur conseiller dans les affaires épineuses et délicates, qu'ils lui proposèrent de le prendre pour sociétaire et de donner à la banque la raison sociale Rivet, Andrieux et Rémois. C'était combler ses vœux et satisfaire son unique ambition. Pour lui, sa maison, en fait de solidité et d'honorabilité, était des premières de Paris ; elle venait immédiatement après le Crédit foncier, la Banque de France et les Rothschild. Il n'hésita donc pas un seul instant à lui confier la dot de ma femme, après mon mariage, qui eut lieu lorsque j'avais à peine vingt-trois ans.

Il me semble encore l'entendre, l'excellent homme,

Que de gerbes de fleurs Louise et Marie ont cueillies aux alentours du Pont-Rompu !

rétorquer les objections du vieux notaire de ma femme, qui prétendait qu'on ne devait pas mettre tous ses œufs dans le même panier.

« Pourquoi pas, répondit-il, si le panier est solide et en lieu sûr ? »

Il ajouta, dans son imperturbable confiance :

« Est-ce que vous craindriez de déposer la dot de Louise dans la caisse de la Banque de France, du Crédit foncier et des Rothschild ?

— Non, certainement, répliqua le notaire.

— Eh bien, alors ? »

Lorsque j'eus trente ans, nous possédions six cent mille francs dans la maison Rivet, Andrieux et Rémois. Mon père songeait à prendre un logement plus convenable et à se donner l'ameublement et l'argenterie nécessités par notre situation. Un événement vint contrarier ces projets. Ma femme et mes deux fillettes tombèrent malades. Les médecins nous déclarèrent, d'une voix unanime, que le climat de Paris était nuisible à leur santé, et que nous ferions sagement d'aller habiter définitivement le midi de la France.

C'est alors que je vis combien mon père m'aimait.

« Je vous suis, s'écria-t-il ; est-ce que je pourrais vivre sans vous ?

— Mais tes affaires ? tes habitudes ? objectai-je timidement.

— Mes enfants avant tout. D'ailleurs, nous sommes assez riches. Avec quatre cent mille francs nous pouvons acheter, sous un beau ciel et dans une situation agréable, une grande terre pourvue d'une habitation, une propriété bâtie, comme disent les notaires. Je m'entends assez en agriculture pour prévoir que ce domaine nous donnera une dizaine de mille francs de revenu. Les deux cent mille francs laissés par nous à la banque nous en apporteront autant. C'est assez, avec nos goûts simples et nos besoins peu compliqués. Est-ce votre avis, mes enfants ? » ajouta mon père en s'adressant à ma femme et à moi.

Nous répondîmes que nous nous en rapportions entièrement à lui.

Il partit le surlendemain pour le midi de la France, d'où il revint au bout d'une quinzaine. Il avait trouvé, entre Nice et Marseille, plusieurs propriétés à vendre ; mais aucune ne lui convenait parfaitement. Les unes étaient trop grandes, les autres trop petites. Celles-ci avaient un castel en ruine; celles-là, une maison moderne, mais mal distribuée et mal située. Il fallait se donner le temps de choisir. Si nous étions de son avis, nous nous installerions provisoirement dans une jolie villa meublée qui était à louer au prix de trois mille francs. Elle était à une demi-lieue seulement de la mer, en pleine campagne, dans un site ravissant, et accostée d'un vaste enclos planté d'arbres de toutes les espèces : un parc en miniature.

Quinze jours plus tard, nous étions installés à la Villa-Soleil. Notre déménagement avait été facile; nous n'emportions guère que notre linge et nos vêtements. Nous avions vendu tous nos meubles, Villa-Soleil étant parfaitement meublée.

J'ai passé là, avec ma famille, l'année la plus heureuse de ma vie. Ma femme et mes enfants eurent, en quelques semaines, retrouvé leur santé des meilleurs jours. Ce résultat aurait suffi à nous consoler de tout, mais véritablement nous n'avions à nous consoler de rien; mon père lui-même ne regrettait pas sa vie de Paris et sa banque. A bêcher, à arroser, à greffer les arbustes et les fleurs de notre enclos, il avait rajeuni de plusieurs années. C'était du fond du cœur, et sincèrement, qu'il s'applaudissait d'avoir avancé l'heure de la retraite.

Villa-Soleil est à quatre kilomètres de Saint-Maurice, une jolie petite ville où s'arrête de ce côté le chemin de fer. Deux ou trois fois par semaine nous nous rendions, tantôt en voiture, tantôt à pied, dans ce chef-lieu de canton. Nous ne tardâmes pas à y faire quelques connaissances et à y nouer des relations qui suffisaient amplement à nos goûts et à nos besoins de sociabilité.

Et puis la recherche et le choix de la propriété à

acquérir nous prenaient beaucoup de temps. Après de longues hésitations, nous nous décidâmes pour un magnifique domaine du prix de quatre cent mille francs ; il en valait cinq cent mille et davantage, nous assuraient les gens les plus compétents et les plus désintéressés. Bref, c'était un coup d'or. L'acquisition allait se faire et l'acte se signer, lorsqu'un obstacle nous fut signalé; un des trois propriétaires de Blanzac était mineur. La difficulté, sans être insurmontable, était réelle. Le notaire nous conseilla d'attendre que le jeune Raymond eût atteint sa majorité ; il ne lui manquait que huit mois. Nous étions si bien à Villa-Soleil, que ce délai ne nous causa ni impatience ni regrets.

Quatre kilomètres étaient une course un peu longue pour nos deux fillettes ; elles s'arrêtaient d'ordinaire, dans les promenades faites avec leur bonne, à mi-chemin de Saint-Maurice. Il y avait là, sur une rivière torrentueuse et encaissée, un pont dont le nom les amusait beaucoup. Ce pont se nommait le Pont-Rompu, quoiqu'il ne fût point rompu du tout, mais bâti, au contraire, très solidement. Il ne datait que de dix ans, et avait été construit sur les fondements d'un autre pont depuis longtemps écroulé, et dont il avait hérité la dénomination. Que de gerbes de fleurs Louise et Marie ont cueillies aux alentours du Pont-Rompu ! que de cris de joie elles y ont poussés ! de combien de charmantes petites rébellions elles se sont rendues là coupables à l'égard de leur bonne ! Pauvres enfants !

II

L'acquisition de la terre de Blanzac était si bien décidée et convenue, que nous obtînmes de MM. Raymond, les futurs et prochains vendeurs, l'autorisation de faire, à nos frais, à la maison, au château, comme on disait dans le pays, quelques réparations indispensables ou utiles. Le devis fut, selon l'usage, dépassé, et ces réparations nous prirent tout notre argent disponible. Aussi mon père se décida-t-il à partir pour Paris trois ou quatre semaines plus tôt qu'il ne l'avait résolu. Il y allait afin de retirer de la maison Rivet et Andrieux les quatre cent mille francs nécessaires au prochain payement de Blanzac et quelques milliers de francs représentant sa part des bénéfices pendant l'année écoulée.

Deux jours avant ce départ, je lisais assez machinalement les faits divers de mon journal, quand mes yeux tombèrent sur ces lignes :

« On annonce la déconfiture de l'importante banque Rivet et Andrieux. Le premier est en fuite; le second a été trouvé dans ses bureaux, la tête fracassée par un coup de pistolet de fort calibre. Le passif serait de trois millions, et la caisse vide ou à peu près. Cette catastrophe, comme tant d'autres du même genre, a été causée par des pertes énormes faites à la Bourse. Parmi ceux qui perdent le plus, on nomme, en le plaignant beaucoup, M. Rémois, l'ancien associé des faillis. Ces malheureux auraient agi sagement en prenant conseil de M. Rémois, qui s'était toujours opposé à ce que la banque jouât à la Bourse, et qui avait même fait insérer cette interdiction dans les statuts de la société. On évalue à plus de six cent mille francs ce que perdra M. Rémois. »

Un homme qui reçoit subitement un coup violemment asséné à la tête doit éprouver ce que je ressentis à la suite de cette lecture. J'essayai de me reprendre et de me remettre. Soudain mon père entra. Ses traits pâles, mais point bouleversés, trahissaient une fermeté et une résolution admirables.

« Chut ! dit-il, rien à ta femme, aux enfants et aux domestiques. Il doit y avoir beaucoup d'exagération dans ce récit. Est-il possible qu'en quinze mois une maison du premier ordre s'écroule dans la boue ? Du calme, du courage, mon enfant. Je pars aujourd'hui même pour Paris. Je t'écrirai dès que ce me sera possible. J'espère t'envoyer des nouvelles relativement bonnes.

— O mon père ! ô courageux et vénérable vieillard ! pourquoi ne m'avez-vous pas transmis, avec votre sang et votre nom, quelque chose de votre énergie ? »

J'eus tort de vouloir cacher à ma femme la situation ; elle lui fut connue dès le lendemain par une lettre de condoléance écrite par une dame de Saint-Maurice. Le coup fut terrible. En quelques jours l'amélioration de sa santé fut perdue. Ce n'était pas pour elle qu'elle redoutait la pauvreté, c'était pour ses deux filles et pour moi. Ce fut en vain que j'essayai de lui persuader que la nouvelle était exagérée, et que mon père trouverait encore d'importants débris dans cette ruine. A une sensibilité excessive, ma pauvre femme joignait un rare bon sens. Elle comprit que, lorsqu'un banquier prend la fuite et que l'autre se tue, ils ne peuvent laisser derrière eux qu'un énorme déficit. Ses efforts pour imiter mon courage, ma philosophie, ainsi qu'elle disait avec un sourire triste, furent impuissants. Une maladie nerveuse la mit au lit. Le médecin appelé déclara qu'il n'y avait pas de danger, mais que ce serait long. Il prescrivit un régime très compliqué et très coûteux.

Cependant les jours et les semaines s'écoulaient sans que je reçusse aucune nouvelle de mon père. Qu'était-il devenu? que faisait-il à Paris? Deux anciens employés de sa banque, auxquels j'écrivis, ne me répondirent pas. Déjà commençait à s'accréditer l'opinion que M. Rémois avait été coupable d'imprudence et de négligence. Il n'aurait pas dû quitter si brusquement, ou bien, en quittant, il aurait dû retirer ses fonds et avertir les clients. C'était sa confiance en Rivet et Andrieux qui avait causé celle du public.

Les malheureux ont toujours tort.

Harcelé par mes lettres, le syndic de la faillite finit par faire des recherches. Il découvrit que mon père, après être tombé malade à l'hôtel, s'était fait transporter à l'hôpital. Une grande fatigue seulement : M. Rémois ne tarderait pas à aller mieux et à m'écrire. Il était urgent que je quittasse ma femme et mes enfants pour aller à Paris.

J'avais subsidiairement conjuré le syndic de me dire ce qu'il pensait que nous pourrions recouvrer de nos six cent dix-neuf mille francs. Il me répondit qu'il n'était pas absolument impossible que nous touchassions quelques milliers de francs. En tout cas, ce ne serait pas avant dix-huit mois ou deux ans. Le plus prudent était de ne compter sur rien du tout.

Il avait la prudence facile, M. le syndic.

A ces inquiétudes mortelles ne tarda pas à se joindre une gêne qui fut bientôt de la détresse. Les réparations faites à Blanzac nous avaient pris le peu d'argent retiré de la banque. Lorsque nous apprîmes la fatale nouvelle, il n'y avait que mille francs chez nous. J'obligeai mon père à prendre la moitié de cette somme. Les autres cinq cents francs furent vite dépensés, malgré une sévère économie. Je congédiai le domestique qui nous servait de cocher et de valet de chambre. La jeune bonne à laquelle mes enfants s'étaient attachées nous quitta d'elle-même, avec une hâte et une froideur choquantes. Je ne gardai qu'une vieille femme, dont les services étaient indispensables et les gages peu élevés.

Et impossible de rien vendre, puisque rien, dans cette maison meublée, ne nous appartenait, pas même le beau piano servant à mes filles.

« Charles, me dit une nuit ma femme, tu ne dois plus avoir d'argent. Il faut aller à Aix ou à Marseille vendre mes bijoux, tu sais qu'ils ont coûté huit mille francs ; ils doivent en valoir de six à sept. C'est du pain et un abri pour deux ou trois ans. Car tu sais, je ne veux plus suivre le régime du docteur ; il nous coûte les yeux de la tête et ne réussit qu'à me fatiguer. Il faut aussi, mon ami, donner congé au propriétaire de la Villa-Soleil et choisir à la ville ou à la campagne un logement. »

Que devins-je, lorsque le lendemain matin, ayant ouvert le tiroir où ma femme enfermait dans un écrin ses bijoux, je trouvai l'écrin vide ? Ce tiroir appartenait à un meuble placé dans un petit salon séparant ma chambre de celle de ma femme et que, depuis la maladie de cette dernière, nous ne faisions guère que traverser.

J'entrai chez ma femme, et, prenant l'air le plus naturel qu'il me fut possible, je dis :

« Ton écrin est bien dans le meuble du petit salon, n'est-ce pas ?

— Sans doute, tu le trouveras sous une pile de mouchoirs. »

Et, en effet, l'écrin était bien sous la pile des mouchoirs ; mais il était vide.

L'idée me vint sur-le-champ que les bijoux avaient été volés par la bonne qui nous avait quittés si brusquement, il y avait quinze jours. Ce soupçon devint une certitude lorsque j'eus trouvé, dans la chambre où couchait Fanny, une clef absolument semblable à celle que ma femme gardait sans cesse sur elle et qui ouvrait le tiroir.

Impossible de faire connaître à la pauvre malade le nouveau malheur qui nous frappait. Faible et impressionnable comme elle était, elle n'y eût peut-être pas résisté. En tout cas, sa maladie en eût été considérablement aggravée.

Je partis pour Aix, feignant d'emporter les bijoux, et j'allai déclarer à la police le vol domestique dont nous étions les victimes.

Le commissaire général ne me laissa pas ignorer que j'avais très peu de chance de retrouver la voleuse. Quelle distance elle avait pu mettre en quinze jours entre elle et la Villa-Soleil !...

Heureusement, est-ce heureusement qu'il faut dire, et mes fautes ne commencent-elles pas là ? heureusement ou malheureusement je trouvai, à l'hôtel où j'étais descendu, un ancien ami de collège qui consentit à me prêter cinq cents francs. Il ignorait la faillite que je venais d'essuyer, et je lui fis mensonges sur mensonges pour expliquer cet emprunt.

Un emprunt fait lorsqu'on est à peu près sûr de ne pouvoir le rembourser n'est guère loin d'être un vol ; or sur quoi pouvais-je fonder l'espoir de rendre à cet honnête Georges les cinq cents francs qu'il me prêtait ?

Nouveaux mensonges, mais plus excusables ceux-ci, lorsque je fus de retour à la Villa-Soleil. Je dis à ma femme que j'avais vendu ses bijoux six mille francs. Elle me reprocha doucement de les avoir emportés sans avoir eu l'attention de les mettre une dernière fois sous ses yeux.

Je n'eus pas la peine de donner congé de la villa ; ce congé me fut signifié par le propriétaire, inquiet non sans raison de savoir où je prendrais l'argent d'un nouveau trimestre de loyer.

Mes embarras augmentaient ; ils devenaient inextricables. Comment, avec quatre cents francs (je n'avais plus que quatre cents francs), payer d'avance le premier trimestre d'un nouveau loyer et acheter les meubles indispensables ? car je ne trouverais pas à louer un appartement meublé.

« Nécessité rend ingénieux, » dit le proverbe; elle rend même ingénieux et trop habile. Je réussis à me persuader que l'espoir de retrouver les bijoux de ma femme n'était pas chimérique et que les efforts de mon père lorsqu'il serait guéri, réunis aux miens, nous tireraient d'une manière ou d'une autre de ces embarras financiers. C'est en me fondant sur ces fragiles appuis, que je me décidai à aller emprunter mille francs à nos voisins les Leroy.

MM. Leroy père et fils avaient dans toute la région une réputation d'usuriers et de prêteurs à la petite semaine. On nommait les paysans et les petits bourgeois qu'ils avaient ruinés. Nous ne nous serions jamais liés avec de pareilles gens si nos deux fillettes n'avaient pas fait connaissance, presque malgré nous, avec les petites Leroy, deux enfants de leur âge parfaitement élevées et charmantes. De là quelques visites et quelques collations échangées. MM. Leroy, Mmes Leroy surtout, nous surent gré de notre amabilité, et je leur dois cette justice qu'ils furent presque les seuls, après la catastrophe, à ne mêler aucun reproche, sur notre imprudence, aux compliments de condoléance qu'ils nous adressèrent. Depuis que ma femme était malade, il ne se passait presque pas un seul jour sans qu'on vînt de la Villa-Maria prendre de ses nouvelles.

Villa-Maria, l'habitation de la famille Leroy, n'était qu'à quatre cents mètres de la Villa-Soleil. Les Leroy étaient donc, si on en excepte quelques paysans, nos plus proches voisins. Il ne faut pas que j'oublie de dire qu'ils possédaient presque un million de fortune en terres et en portefeuille. Si ces gens-là refusaient de me prêter mille francs, il ne fallait plus faire aucun compte sur l'humanité.

Il était nuit close, une froide et brune nuit de janvier, lorsque je me décidai à aller frapper à la porte de la Villa-Maria. La porte donnant sur le dehors n'étant pas fermée, je n'eus besoin que de la pousser pour me trouver dans le corridor. Les éclats d'une discussion assez violente me clouèrent sur place. Ils venaient d'une pièce où se tenait d'habitude la famille. Malgré moi, instinctivement je prêtai l'oreille, et voici ce que j'entendais :

« Tu as eu tort, Jules, disait Mme Leroy mère à son fils, de laisser ton père à Saint-Maurice. Il fallait revenir ensemble ou rester avec lui.

— Je vous répète, maman, que mon père m'a ordonné de prendre les devants. Il avait peur que vous fussiez inquiète. Et puis il me tardait de vous revoir après dix grands jours d'absence.

— La raison passe avant le sentiment, répliqua aigrement Mme Leroy ; il est déraisonnable, absolument déraisonnable de laisser voyager ton père, seul, de nuit, et chargé d'argent comme il est.

— Est-ce un voyage de venir de Saint-Maurice ici?

— Le trajet est assez long, par cette nuit obscure, pour faire une mauvaise rencontre.

— Maman a raison, dit en intervenant Mme Leroy jeune, tu as agi en étourdi.

— Ah ! vous êtes fatigantes à la fin avec vos reproches ! Bonsoir, je vais me coucher. »

Et Jules Leroy sortit en faisant claquer violemment la porte.

Ce n'était pas le moment d'entrer, surtout pour emprunter de l'argent ; d'ailleurs je n'aurais trouvé que Mmes Leroy. Je sortis donc sans bruit, renvoyant au lendemain ma demande d'emprunt.

Lorsque je fus sorti et que je me trouvai sous la fenêtre du salon où se tenaient ces dames, la voix de la plus âgée arriva jusqu'à moi.

« Oui, disait la belle-mère à la belle-fille, c'est une imprudence qui n'a pas de nom, que de laisser voyager seul, par une nuit pareille, un vieillard qui porte quarante mille francs sur lui. »

La belle-fille commença une réponse que je n'entendis pas ; car je m'en allai, tout honteux d'être resté si longtemps, plus ou moins volontairement, à écouter aux portes.

III

J'en étais venu, pour ce dur hiver, à économiser, pour mon usage personnel, le bois si nécessaire à ma femme et à mes enfants. Au lieu de rentrer chez moi, où il m'aurait fallu allumer du feu, je m'enveloppai dans mon manteau et me mis à arpenter à grands pas la route qui conduit à Saint-Maurice. Je ne tardai pas à arriver au Pont-Rompu. Le temps et le site étaient lugubres comme mes pensées. Je me penchai sur un des parapets, et là j'entendis, sans les voir, les flots tumultueux qui roulaient avec fracas au-dessous de moi. Qu'elles furent navrantes les réflexions que je fis ! Mon père mourant, ma femme très malade, mes filles attristées d'une situation qu'elles commençaient, malgré leur jeune âge, à deviner, la ruine, une ruine totale, irrémédiable : tout se réunissait pour m'accabler.

Et je n'avais aucune des croyances qui auraient pu me soutenir. Mon enfance et ma jeunesse s'étaient écoulées dans un milieu très honnête, mais nullement religieux. Je n'avais guère du chrétien que mon baptême et une première communion faite telle quelle. Croyais-je seulement en Dieu, à l'immortalité de l'âme, à l'existence d'une vie future ? c'était douteux, très douteux.

Ces eaux que j'entendais tourbillonner sous mes pieds me fascinaient. Il était si simple d'enjamber le parapét et d'en finir avec une existence insupportable pour moi et inutile aux miens !

Mes idées allaient s'assombrissant de plus en plus. Ceux qui méditent un suicide n'en doivent pas avoir de plus désespérantes. J'en étais là. Soudain il me sembla entendre, à quelques pas de moi, comme des gémissements. Je prêtai l'oreille. Je ne me trompais pas. Il y avait là, sur le pont, quelqu'un qui se plaignait. Impossible par cette obscurité, la plus intense qui fût, de rien voir. Mes oreilles, mes pieds, mes mains, tout mon être se tendit, remplaça les yeux, et j'arrivai à palper le corps d'un homme étendu à terre et donnant à peine quelques signes de vie.

Si c'était, pensai-je, M. Leroy, qui, en revenant de Saint-Maurice à la Villa-Maria, serait tombé pour une cause ou pour une autre sur le chemin ?

Je le répète, je ne pouvais rien distinguer ; mais il me semblait, au toucher, que ce corps, ces vêtements, répondaient au corps et aux vêtements de M. Leroy père.

Je n'eus plus de doute lorsque mes mains rencontrèrent, bouclée à la taille de l'individu gisant à mes pieds, une ceinture de cuir que je sentis pleine d'or et de papier soyeux : des billets de banque évidemment.

Ce devaient être là les quarante mille francs dont avait parlé Mme Leroy.

Cette ceinture devait étouffer le vieillard. Je parvins à la détacher, et ne sachant ou la déposer, dans cette obscurité profonde, je l'attachai à la hâte autour de mes reins.

Cependant le cœur de l'homme gisant à mes pieds battait ; il battait très faiblement, mais assez pour indiquer que la vie, si faible qu'elle fût, persistait.

Je me demandais quels soins je pouvais donner

à ce malheureux, lorsque j'entendis des pas et vis briller des lumières du côté de la Villa-Maria. Pas et lumière approchaient sensiblement de mon côté.

Alors je perdis la tête. Oui, mon Dieu ! vous en êtes témoin, je perdis la tête. On venait évidemment au-devant de M. Leroy. Que penserait-on en le voyant mourant ou mort à mes pieds, et en constatant la grosse somme d'argent dont il était porteur? que je l'avais arrêté, volé, assassiné.

Les lumières et ceux qui les portaient n'étaient plus qu'à une faible distance. J'eusse été déjà aperçu sans cette obscurité exceptionnelle. Il fallait prendre un parti. Je pris le plus insensé, le plus criminel. Saisissant le corps de l'homme entre mes bras, je le lançai par-dessus le parapet dans la rivière torrentueuse; puis, au risque de me tuer, je descendis la berge escarpée qui, immédiatement au-dessus du pont, conduisait à un bois épais baigné par la rivière.

Le bruit des pas s'évanouit ; la lumière mourut peu à peu dans la direction de Saint-Maurice, après la traversée du Pont-Rompu. Je remontai la berge et courus, comme un meurtrier qui serait poursuivi, à la Villa-Soleil.

« Comme tu es bruyant ! » m'avait dit souvent ma pauvre femme, dont les nerfs malades étaient si sensibles. Je ne fus pas bruyant, cette nuit-là, en rentrant chez moi. Les sauvages de l'Amérique dont j'avais lu les faits et gestes dans les romans de Cooper ne devaient pas être plus silencieux et plus prudents lorsqu'ils relevaient, sur le sentier de la guerre, la piste d'un ennemi. Eussent-ils été tous éveillés au lieu d'être plongés dans le sommeil, aucun des habitants de la Villa-Soleil ne pouvait m'entendre rentrer, tant je pris de précautions.

Je préparais déjà mon *alibi*.

Une fois dans ma chambre, je m'y enfermai à triple tour de clef; après quoi je débouclai et jetai sur le parquet cette ceinture qui me brûlait les reins.

J'étais donc voleur et meurtrier. Une minute d'affolement avait fait d'un honnête homme le dernier des criminels !

En réfléchissant, — car j'essayais au milieu de ces angoisses de réfléchir, — je m'efforçai de me prouver à moi-même que je n'étais qu'un voleur.

Un assassin est celui qui tue un homme : or l'homme que j'avais lancé par-dessus le pont était mourant, mort peut-être. M. Leroy, — c'était évident, — avait été terrassé par une de ces apoplexies foudroyantes auxquelles il n'est pas de remède. Il n'avait plus que quelques minutes, quelques heures tout au plus, à vivre d'une vie inconsciente.

Donc je n'étais pas un meurtrier.

J'étais un voleur, c'est vrai, puisque je ne pouvais ni ne voulais rendre à la famille Leroy la ceinture pleine d'or et de billets. Mais que d'excuses à cette vilaine action ! Est-ce que Rivet et Andrieux ne m'avaient pas volé plus de six cent mille francs, eux? Est-ce que Fanny ne m'avait pas volé mes dernières ressources, les bijoux de ma femme? Et cet or, ces billets de banque contenus dans cette ceinture, n'était-ce pas le résultat et le produit du vol? Il était de notoriété publique que les Leroy, possédant actuellement un million, ne possédaient, il y avait trente ans, qu'une petite propriété de campagne. C'était à l'usure, à l'usure la plus avérée et la plus effrontée, qu'ils devaient leurs richesses.

Était-ce ma faute si la méchanceté des hommes et la dureté du destin m'obligeaient de défendre, je ne dis pas ma vie (j'en eusse fait le sacrifice volontiers), mais celle de mon père, celle de ma femme, celle de mes innocentes fillettes?

Si la Providence ne veut pas qu'on commette des crimes, il faut qu'elle arrange les événements en conséquence.

Darwin a raison, les animaux supérieurs comme les animaux inférieurs pullulent sur la terre; ils l'encombrent et sont forcés de s'entre-dévorer. C'est le combat pour la vie.

Sur ce, je ramassai la ceinture, l'éventrai d'un coup de ciseaux et en répandis le contenu sur ma table.

Il y avait pour soixante mille francs d'or et de billets de banque, vingt mille francs de plus que je ne croyais, sur l'affirmation de Mme Leroy.

Il s'agissait de cacher en lieu sûr la plus grande partie de cette somme. Je ne pouvais, en effet, en justifier la provenance après les pertes d'argent que je venais d'éprouver et la gêne visible qui en avait été la conséquence.

Tout au plus m'était-il possible de tenir sous ma main six ou sept mille francs, produit présumé de la vente des bijoux de ma femme.

Il est vrai que j'étais allé me plaindre à la police d'Aix que ces bijoux m'eussent été volés. Combien à cette heure je regrettais cette démarche!

Après y avoir réfléchi, je résolus de dire, en cas d'interrogation, que la personne qui m'avait volé ces bijoux, poussée par le remords, m'en avait fait tenir, sous le voile de l'anonyme, le prix auquel elle les avait vendus.

Je devenais ingénieux, habile, retors. Le juge d'instruction, si j'avais affaire à lui, aurait lui aussi affaire à forte partie.

Je mis cinquante-quatre mille francs dans une

boîte de fer-blanc que j'allai enfouir au plus profond de ma cave. Il me serait facile d'emporter cette cassette lorsque je quitterais la Villa-Soleil.

Quoique beaucoup moins urgent depuis ma nouvelle fortune, ce déménagement était nécessaire. On savait trop autour de moi que je ne pouvais pas mettre trois mille francs à mon loyer.

Suivant leur habitude, mes deux fillettes vinrent m'embrasser le lendemain, dans ma chambre, après mon lever.

« Que tu es pâle, papa ! » dirent d'une voix unanime les chères innocentes.

Je me regardai dans la glace : j'étais livide.

Il y avait sur ma tempe gauche une mèche de cheveux grisonnants qui étaient blonds positivement, la veille de ce jour.

Ma femme, elle, me dit que je devais être malade, et qu'il serait sage de garder la chambre et même le lit.

Jusqu'à notre vieille servante, qui me regardait avec des yeux interrogateurs que je ne lui avais pas connus jusqu'à ce jour, et dont je l'aurais crue incapable.

Fallait-il sortir et faire mes promenades accoutumées, ou bien, profitant de mon air de malade et d'un malaise trop réel, rester chez moi ? Ce fut le second parti que je pris. A mon extrême surprise, vingt-quatre heures s'écoulèrent sans qu'il fût parlé à la Villa-Soleil de l'absence ou de la disparition de M. Leroy père.

Au bout de ce temps je n'y tins plus. Je sortis, et à peine avais-je fait cent pas hors de chez moi, que la première personne que je rencontrai fut... M. Leroy père.

Oui ! ce vieillard, moribond, mort peut-être, que

j'avais lancé par-dessus le parapet du Pont-Rompu et qui devait se trouver quelque part dans la rivière, brisé sur les galets, ou cadavre gonflé décomposé déjà par l'eau, il était devant moi plein de santé et de vie !

Alors qui avais-je volé et assassiné ?

Il fut le premier à m'adresser la parole :

« Eh ! bonjour, voisin ! dit-il, quelle mine d'enterrement vous avez ce matin ! Allons ! plaie d'argent n'est pas mortelle. Et puis j'ai idée que votre père arrangera les choses à Paris. Il n'est pas possible qu'on ne retire pied ou aide d'une créance de plus de six cent mille francs. Il est majeur, monsieur votre père, et libre de ses actions. Ce n'est pas comme moi. Croiriez-vous qu'avant-hier, m'étant un peu attardé à Saint-Maurice, je me suis vu envoyer par ma famille deux domestiques chargés de me ramener à la Villa-Maria ? Il est vrai que je portais quelque argent sur moi. Bon courage, voisin, et mes hommages respectueux à Mme Rémois. »

Et il s'en alla.

Il était temps. Si je ne m'étais appuyé à un arbre qui se trouvait là, j'allais tomber.

Encore une fois quel était le malheureux que j'avais dépouillé et jeté à l'eau sur le Pont-Rompu ?

J'étais si défait lorsque j'arrivai chez moi, que ma femme, sans me consulter, envoya à Saint-Maurice chercher un médecin.

IV

Le lendemain, malgré le médecin et ma femme, je sortis. Je ne tenais plus en place. J'étais poursuivi par l'envie irrésistible de voir le Pont-Rompu et la rivière qui coule sous son arche. Explique qui pourra ce sentiment, commun, paraît-il, à tous les coupables. On sait, en effet, que les criminels sont attirés, malgré eux, vers le théâtre de leur crime, et qu'ils y sont souvent surpris par les agents de la police et de la justice. J'avais entendu dire cela, je l'avais lu; maintenant je le réalisais dans mes actes.

Je restai plus d'une heure penché immobile sur le parapet, par-dessus lequel j'avais précipité dans les flots un corps vivant ou un cadavre.

Toujours la même question : corps vivant ou cadavre ?

Si corps vivant, j'étais un assassin; si cadavre, je n'étais qu'un voleur.

Je fus saisi soudain par la passion de la pêche à la ligne. Je passais des journées entières sur les bords de la Ranche (ainsi s'appelait la rivière traversée par le Pont-Rompu). Et, chose étrange! je ne remontais jamais le cours d'eau, très poissonneux pourtant. C'était toujours vers l'embouchure de la Ranche que je me dirigeais. J'en connus bientôt les détours et les méandres. Les écluses surtout et les barrages avaient le don de m'intéresser. Il me sembla voir, un jour, un objet singulier accroché aux racines d'un arbre, plongeant dans l'eau et voisin d'un barrage. On aurait dit des vêtements blancs, gris, verts. Je m'approchai et constatai que ce n'était que de l'écume et des herbes retenues dans ce coin par le remous des flots.

Je passais des journées entières sur les bords de la Ranche.

A ces préoccupations se joignit une curiosité singulière. J'interrogeais tous les meuniers et usiniers qui avaient des établissements sur les bords. de la Ranche. N'y avait-il pas eu des gens noyés dans la rivière, et n'avait-on pas découvert leurs cadavres?

Un meunier me répondit que la chose était arrivée, mais l'événement datait de cinq à six ans.

Huit jours s'écoulèrent, après lesquels, faisant appel à toute ma raison, je résolus de partir pour Paris, afin de savoir ce que mon père était devenu.

Je n'eus pas de peine à faire accepter cette résolution à ma femme et à mes enfants. La veille de ce départ, lorsque je faisais mes derniers préparatifs, je vis entrer chez moi le curé de la paroisse.

Je n'avais avec le vénérable abbé Durand que de rares et peu intimes relations. Que venait-il faire à la Villa-Soleil ? Je ne tardai pas à l'apprendre.

M. le curé commença par me demander de mes nouvelles et de celles de ma famille. Il insista beaucoup sur celles de mon père. A l'âge où était M. Rémois, après les malheurs qu'il avait éprouvés, on pouvait tout craindre à son sujet. Il était peut-être un peu tard pour partir pour Paris, où il avait appris que j'allais.

« Monsieur le curé, dis-je en interrompant le prêtre visiblement embarrassé, vous savez quelque chose concernant mon père, c'est évident. Veuillez vous expliquer. Tout est préférable à l'incertitude dans laquelle je vis. »

L'excellent homme me prit les mains, les serra affectueusement, et, les gardant dans les siennes, m'avoua qu'il avait été chargé par M. le maire de m'apprendre une mauvaise, une très mauvaise nouvelle.

« Mon père est mort, m'écriai-je, à Paris, à l'hôpital ?

— Faites appel à tout votre courage, répondit-il ; votre père est mort, en effet, mais ce n'est pas à Paris. On a trouvé, il y a une heure, son cadavre dans la Ranche. Plus de dix personnes l'ont reconnu, je suis du nombre ; tout doute est malheureusement impossible. »

C'était donc mon père qui avait été dépouillé et précipité par moi dans la rivière, sur le Pont-Rompu ?

Le courage me manque pour raconter en détail les événements qui suivirent. Je les résume. Le cadavre de mon bien-aimé et malheureux père fut porté à la Villa-Soleil, et enterré dans le cimetière de la paroisse. Des lettres venues de Paris m'apprirent que, grâce à l'intelligence et à l'activité de M. Rémois, des créances au profit de l'ancienne banque avaient été découvertes. La liquidation avait été faite beaucoup plus tôt que ne le pensait le syndic. M. Rémois avait retiré de la faillite soixante mille francs.

Il avait voulu me ménager la surprise de cette nouvelle relativement heureuse, et avait pris, sans me prévenir, le chemin de la Provence et de la Villa-Soleil. On suivait ses traces de Paris à Saint-Maurice. Là elles se perdaient; mais il était évident qu'il avait voyagé seul, la nuit, de Saint-Maurice à la Villa; qu'il avait été assassiné non loin du Pont-Rompu, sinon sur le pont lui-même, dépouillé de ses soixante mille francs, et précipité, mort ou mourant, dans les eaux de la Ranche. Comment n'avait-on découvert son cadavre qu'au bout de huit jours? Cela s'expliquait sans doute par la raison qu'on ne l'avait pas cherché, et que le hasard seul l'avait fait découvrir. On trouva dans la poche de ses vêtements une lettre commencée, puis interrompue et froissée. Il m'annonçait les soixante mille francs recouvrés.

Les poursuites pour découvrir le voleur et l'assassin n'aboutirent pas.

Un mois après ces événements je partis pour la Sicile, dont le climat, m'avaient dit les médecins, convenait particulièrement à ma femme et à mes filles.

J'ai passé, aux environs de Palerme, six années douloureuses. Ma femme, je le crains, avait deviné une partie de la vérité, peut-être la vérité tout entière. Elle mourut en me jetant un dernier regard de pitié. Mes deux filles ne tardèrent pas à la suivre.

Je me lançai, pour m'occuper et m'étourdir, dans des spéculations agricoles et financières, qui réussirent au delà de mes espérances. Je fus bientôt plus riche que je ne l'avais été avant la faillite de la banque Rivet et Andrieux.

Est-il nécessaire de dire que cette fortune ne me rendit ni la joie ni la tranquillité? J'en usai cependant largement en faveur des pauvres, des églises, des écoles, des hôpitaux, de toutes les œuvres de charité et de bienfaisance. Chose singulière! on acceptait mes dons sans en paraître très reconnaissant. On devinait sans doute qu'ils n'étaient que la rançon insuffisante de quelques crimes. En deux ou trois circonstances la gratitude se montra; je me hâtai de la repousser, tant j'avais conscience que je ne la méritais pas. Une obole tombée de mains pures vaut mieux que des trésors donnés par des mains criminelles.

Le hasard d'un voyage m'ayant conduit à Saint-Vital, le site me plut. Je me fixai dans cette bourgade, et j'essayai d'y faire quelque bien. Mes forces déclinent, je le sens; la mort n'est pas loin. Qu'elle vienne, qu'elle vienne le plus tôt possible; elle sera la bienvenue!

Le manuscrit s'arrêtait là.

Le lecteur et les auditeurs se séparèrent silencieux.

Les funérailles eurent lieu le lendemain; elles furent décentes, mais simples, ainsi que le voulait le testament. On fut un peu surpris que les cordons du cercueil ne fussent pas tenus par le maire, le juge de paix et les notables de Saint-Vital. Ces messieurs devaient pourtant ce modeste honneur à un homme qui laissait cent cinquante mille francs à la commune. Le legs fut acquitté; les jours, les semaines s'écoulèrent, et M. Rémois fut oublié à Saint-Vital.

Puisse Dieu s'être souvenu de lui dans sa miséricorde !

FIN

TABLE

24422. — Tours, impr. Mame.

www.ingramcontent.com/pod-product-compliance
Ingram Content Group UK Ltd.
Pitfield, Milton Keynes, MK11 3LW, UK
UKHW021048230726
13926UKWH00004B/1729